LE CULTE DU MOI — I

SOUS L'OEIL DES BARBARES

par

MAURICE BARRES

DE L'ACADÉMIE FRANÇAISE

NOUVELLE ÉDITION

PARIS

1911

© 2022 Maurice Barrès
Édition : BoD – Books on Demand, info@bod.fr.
Impression : BoD – Books on Demand,
 In de Tarpen 42, Norderstedt (Allemagne)
Impression à la demande
ISBN : 9782322413638
Dépôt légal : juillet 2022
Mise en page et maquettage : https://reedsy.com/
Tous droits réservés pour tous pays.

EXAMEN DES TROIS ROMANS IDÉOLOGIQUES

A M. PAUL BOURGET

MON CHER AMI,

Ce volume, Sous l'oeil des Barbares, *mis en vente depuis six semaines, était ignoré du public, et la plupart des professionnels le jugeaient incompréhensible et choquant, quand vous lui apportâtes votre autorité et voire amitié fraternelle. Vous m'en avez continué le bénéfice jusqu'à ce jour. Vous m'avez abrégé de quelques années le temps fort pénible où un écrivain se cherche un public. Peut-être aussi mon travail m'est-il devenu plus agréable à moi-même, grâce à cette courtoise et affectueuse compréhension par où vous négligez les imperfections de ces pages pour y souligner ce qu'elles comportent de tentatives intéressantes.*

Ah! les chères journées entre autres que nous avons passées à Hyères! Comme vous écriviez Un coeur de femme, *nous n'avions souci que du viveur Casal, de Poyanne, de la pliante madame de Tillière, puis aussi de la jeune Bérénice et de cet idiot de Charles Martin qui faisaient alors ma complaisance. Ils nous amusaient parfaitement. J'ajoute que vous avez un art incomparable pour organiser la vie dans ses moindres détails, c'est-à-dire donner de l'intelligence aux hôteliers et de la timidité aux importuns; à ce point que pas une fois, en me mettant à table, dans ce temps-là, il ne me vint à l'esprit une réflexion qui m'attriste en voyage, à savoir qu'étant donné le grand nombre de bêtes qu'on rencontre à travers le monde, il est bien pénible que seuls, ou à peu près, le veau, le boeuf et le mouton soient comestibles.*

Et c'est ainsi, mon cher Bourget, que vous m'avez procuré le plaisir le plus doux pour un jeune esprit, qui est d'aimer celui qu'il admire.

Si j'ajoute que vous êtes le penseur de ce temps ayant la vue la plus nette des méthodes convenables à chaque espèce d'esprit et le goût le plus vif pour en discuter, on s'expliquera surabondamment que je prenne la liberté de vous adresser ce petit travail, ou je me suis proposé d'examiner quelques questions que soulève cette théorie de la culture du Moi développée dans Sous l'oeil des Barbares, Un homme libre *et le* Jardin de Bérénice.

Oui, il m'a semblé, en lisant mes critiques les plus bienveillants, que ces trois volumes, publiés à de larges intervalles (de 1888 à 91) n'avaient pas su dire tout leur sens. On s'est attaché à louer ou à contester des détails; c'est la suite, l'ensemble logique, le système qui seuls importent. Voici donc un examen de l'ouvrage en réponse aux critiques les plus fréquentes qu'on en fait. Toutefois, de crainte d'offenser aucun de ceux qui me font la gracieuseté de me suivre, je procéderai par exposition, non par discussion.

Que peut-on demander à ces trois livres?

N'y cherchez pas de psychologie, du moins ce ne sera pas celle de MM. Taine ou Bourget. Ceux-ci procèdent selon la méthode des botanistes qui nous font voir comment la feuille est nourrie par la plante, par ses racines, par le sol où elle se développe, par l'air qui l'entoure. Ces véritables psychologues prétendent remonter la série des causes de tout frisson humain; en outre, des cas particuliers et des anecdotes qu'ils nous narrent, ils tirent des lois générales. Tout à l'encontre, ces ouvrages-ci ont été écrits par quelqu'un qui trouve *l'Imitation de Jésus-Christ* ou la *Vita nuova* du Dante infiniment satisfaisantes, et dont la préoccupation d'analyse s'arrête à donner une description minutieuse, émouvante et contagieuse des états d'âme qu'il s'est proposés.

Le principal défaut de cette manière, c'est qu'elle laisse inintelligibles, pour qui ne les partage pas, les sentiments qu'elle décrit. Expliquer que tel caractère exceptionnel d'un personnage fut préparé par les habitudes de ses ancêtres et par les excitations du milieu où il réagit, c'est le pont aux ânes de la psychologie, et c'est par là que les lecteurs les moins préparés parviennent à pénétrer dans les domaines très particuliers où les invite leur auteur. Si un bon psychologue en effet ne nous faisait le pont par quelque commentaire, que comprendrions-nous à tel livre, *l'Imitation*, par exemple, dont nous ne partageons ni les ardeurs ni les lassitudes? Encore la cellule d'un pieux moine n'est-elle pas, pour les lecteurs nés catholiques, le lieu le plus secret du monde: le moins mystique de nous croit avoir des lueurs sur les sentiments qu'elle comporte; mais la vie et les sentiments d'un pur lettré, orgueilleux, raffiné et désarmé, jeté à vingt ans dans la rude concurrence parisienne, comment un honnête homme en aurait-il quelque lueur? Et comment, pour tout dire, un Anglais, un Norvégien, un Russe se pourront-ils reconnaître dans le livre que voici, où j'ai tenté la monographie des cinq ou six années d'apprentissage d'un jeune Français intellectuel?

On le voit, je ne me dissimule pas les difficultés de la méthode que j'ai adoptée. Cette obscurité qu'on me reprocha durant quelques années n'est nullement embarras de style, insuffisance de l'idée, c'est manque d'explications psychologiques. Mais quand j'écrivais, tout mené par mon émotion, je ne savais que déterminer et décrire les conditions des phénomènes qui se passaient en moi. Comment les eussé-je expliqués?

Et d'ailleurs, s'il y faut des commentaires, ne peuvent-ils être fournis par les articles de journaux, par la conversation? Il m'est bien permis de noter qu'on n'est plus arrêté aujourd'hui par ce qu'on déclarait incompréhensible à l'apparition de ces volumes. Enfin ce livre,—et voici le fond de ma pensée,—je n'y mêlai aucune part didactique, parce que, dans mon esprit, je le recommande uniquement à ceux qui goûtent la sincérité sans plus et qui se passionnent pour les crises de l'âme, fussent-elles d'ailleurs singulières.

Ces idéologies, au reste, sont exprimées avec une émotion communicative; ceux qui partagent le vieux goût français pour les dissertations psychiques trouveront là un intérêt dramatique. J'ai fait de l'idéologie passionnée. On a vu le roman historique, le roman des moeurs parisiennes; pourquoi une génération dégoûtée de beaucoup de choses, de tout peut-être, hors de jouer avec des idées, n'essayerait-elle pas le roman de la métaphysique?

Voici des mémoires spirituels, des éjaculations aussi, comme ces livres de discussions scolastiques que coupent d'ardentes prières.

Ces monographies présentent un triple intérêt:

1° Elles proposent à plusieurs les *formules* précises de sentiments qu'ils éprouvent eux aussi, mais dont ils ne prennent à eux seuls qu'une conscience imparfaite;

2° Elles sont un *renseignement* sur un type de jeune homme déjà fréquent et qui, je le pressens, va devenir plus nombreux encore parmi ceux qui sont aujourd'hui au lycée. Ces livres, s'ils ne sont pas trop délayés et trop forcés par les imitateurs, seront consultés dans la suite comme documents;

3° Mais voici un troisième point qui fait l'objet de ma sollicitude toute spéciale: ces monographies sont *un enseignement*. Quel que soit le danger d'avouer des buts trop hauts, je laisserais le lecteur s'égarer infiniment si je ne l'avouais. Jamais je ne me suis soustrait à l'ambition qu'a exprimée un poète étranger: «*Toute grande poésie est un enseignement, je veux que l'on me considère comme un maître ou rien.*»

Et, par là, j'appelle la discussion sur la théorie qui remplit ces volumes, sur *le culte du Moi*. J'aurai ensuite à m'expliquer de mon *Scepticisme*, comme ils disent.

I—CULTE DU MOI

a.—JUSTIFICATION DU CULTE DU MOI

M'étant proposé de mettre en roman la conception que peuvent se faire de l'univers les gens de notre époque décidés à penser par eux-mêmes et non pas à répéter des formules prises au cabinet de lecture, j'ai cru devoir commencer par une étude du Moi. Mes raisons, je les ai exposées dans une conférence de décembre 1890, au théâtre d'application, et quoique cette dissertation n'ait pas été publiée, il me paraît superflu de la reprendre ici dans son détail. Notre morale, notre religion, notre sentiment des nationalités sont choses écroulées, constatais-je, auxquelles nous ne pouvons emprunter de règles de vie, et, en attendant que nos maîtres nous aient refait des certitudes, il convient que nous nous en tenions à la seule réalité, au Moi. C'est la conclusion du premier chapitre (assez insuffisant, d'ailleurs) de *Sous l'oeil des Barbares*.

On pourra dire que cette affirmation n'a rien de bien fécond, vu qu'on la trouve partout. A cela, s'il faut répondre, je réponds qu'une idée prend toute son importance et sa signification de l'ordre où nous la plaçons dans l'appareil de notre logique. Et le culte du Moi a reçu un caractère prépondérant dans l'exposition de mes idées, en même temps que j'essayais de lui donner une valeur dramatique dans mon oeuvre.

Égoïsme, égotisme, Moi avec une majuscule, ont d'ailleurs fait leur chemin. Tandis qu'un grand nombre de jeunes esprits, dans leur désarroi moral, accueillaient d'enthousiasme cette chaloupe, il s'éleva des récriminations, les sempiternelles déclamations contre l'égoïsme. Cette clameur fait sourire. Il est fâcheux qu'on soit encore obligé d'en revenir à des notions qui, une fois pour toutes, devraient être acquises aux esprits un peu défrichés. «Les moralistes, disait avec une haute clairvoyance Saint-Simon en 1807, se mettent en contradiction quand ils défendent à l'homme l'égoïsme et approuvent le patriotisme, car le patriotisme n'est pas autre chose que l'égoïsme national, et cet égoïsme fait commettre de nation à nation les mêmes injustices que l'égoïsme personnel entre les individus.» En réalité, avec Saint-Simon, tous les penseurs l'ont bien vu, la conservation des corps organisés tient à l'égoïsme. Le mieux où l'on peut prétendre, c'est à combiner les intérêts des hommes de telle façon que l'intérêt particulier et l'intérêt général soient dans une commune direction. Et de même que la première génération de l'humanité est celle où il y eut le plus d'égoïsme personnel, puisque les individus ne combinaient pas leurs intérêts, de même des jeunes gens sincères, ne trouvant pas, à leur entrée dans la vie, un maître, *«axiome, religion ou prince des hommes,»* qui s'impose a eux, doivent tout d'abord servir les besoins de leur Moi. Le premier point, c'est d'exister. Quand ils se sentiront assez forts et possesseurs de leur âme, qu'ils regardent alors l'humanité et cherchent une voie commune où s'harmoniser. C'est le souci qui nous émouvait aux jours d'amour du *Jardin de Bérénice* .

Mais, par un examen attentif des seuls titres de ces trois petites suites, nous allons toucher, sûrement et sans traîner, leur essentiel et leur ordonnance.

b.—THÈSE DE «SOUS L'OEIL DES BARBARES»

Grave erreur de prêter à ce mot de *barbares* la signification de «philistins» ou de «bourgeois». Quelques-uns s'y méprirent tout d'abord. Une telle synonymie pourtant est fort opposée à nos préoccupations. Par quelle grossière obsession professionnelle séparerais-je l'humanité en artistes, fabricants d'oeuvres d'art et en non-artistes? Si Philippe se plaint de vivre «sous l'oeil des barbares», ce n'est pas qu'il se sente opprimé par des hommes sans culture ou par des négociants; son chagrin c'est de vivre parmi des êtres qui de la vie possèdent un rêve opposé à celui qu'il s'en compose. Fussent-ils par ailleurs de fins lettrés, ils sont pour lui des étrangers et des adversaires.

Dans le même sens les Grecs ne voyaient que barbares hors de la patrie grecque. Au contact des étrangers, et quel que fût d'ailleurs le degré de civilisation de ceux-ci, ce peuple jaloux de sa propre culture éprouvait un froissement analogue à celui que ressent un jeune homme contraint par la vie à fréquenter des êtres qui ne sont pas de sa patrie psychique.

Ah! que m'importe la qualité d'âme de qui contredit une sensibilité! Ces étrangers qui entravent ou dévoient le développement de tel Moi délicat, hésitant et qui se cherche, ces barbares sous la pression de qui un jeune homme faillira à sa destinée et ne trouvera pas sa joie de vivre, je les haïs.

Ainsi, quand on les oppose, prennent leur pleine intelligence ces deux termes *Barbares* et *Moi*. Notre Moi, c'est la manière dont notre organisme réagit aux excitations du milieu et sous la contradiction des Barbares.

Par une innovation qui, peut-être, ne demeurera pas inféconde, j'ai tenu compte de cette opposition dans l'agencement du livre. *Les concordances* sont le récit des faits tels qu'ils peuvent être relevés *du dehors*, puis, dans une contre-partie, je donne le même fait, tel qu'il est senti *au dedans*. Ici, la vision que les Barbares se font d'un état de notre âme, là le même état tel que nous en prenons conscience. Et tout le livre, c'est la lutte de Philippe pour se maintenir au milieu des Barbares qui veulent le plier à leur image.

Notre Moi, en effet, n'est pas immuable; il nous faut le défendre chaque jour et chaque jour le créer. Voilà la double vérité sur quoi sont bâtis ces ouvrages. Le culte du Moi n'est pas de s'accepter tout entier. Cette éthique, où nous avons mis notre ardente et notre unique complaisance, réclame de ses servants un constant effort. C'est une culture qui se fait par élaguements et par accroissements: nous avons d'abord à épurer notre Moi de toutes les parcelles étrangères que la vie continuellement y introduit, et puis à lui ajouter. Quoi donc? Tout ce qui lui est identique, assimilable; parlons net: tout ce qui se colle à lui quand il se livre sans réaction aux forces de son instinct.

«Moi, disait Proudhon, se souvenant de son enfance, c'était tout ce que je pouvais toucher de la main, atteindre du regard et qui m'était bon à quelque chose; non-moi était tout ce qui pouvait nuire ou résister à moi.» Pour tout être passionné qu'emporte son jeune instinct, c'est bien avec cette simplicité que le monde se dessine. Proudhon, petit villageois qui se roulait dans les herbages de Bourgogne, ne jouissait pas plus du soleil et du bon air que nous n'avons joui de Balzac et de Fichte dans nos chambres étroites, ouvertes sur le grand Paris, nous autres jeunes bourgeois pâlis, affamés de tous les bonheurs. Appliquez à l'aspect spirituel des choses ce qu'il dit de l'ordre physique, vous avez l'état de Philippe dans *Sous l'oeil des Barbares*. Les Barbares, voilà le non-moi, c'est-à-dire tout ce qui peut nuire ou résister au Moi.

Cette définition, qui s'illuminera dans *l'Homme libre* et *le Jardin de Bérénice*, est bien trouble encore au cours de ce premier volume. C'est que la naissance de notre Moi, comme toutes les questions d'origine, se dérobe à notre clairvoyance; et le souvenir confus que nous en conservons ne pouvait s'exprimer que dans la forme ambiguë du symbole. Ces premiers chapitres des «Barbares», le *Bonhomme Système*, éducation désolée qu'avant toute expérience nous reçûmes de nos maîtres, *Premières Tendresses*, qui ne sont qu'un baiser sur un miroir, puis *Athéné*, assaillie dans une façon de tour d'ivoire par les Barbares, sont la description sincère des couches profondes de ma sensibilité.... Attendez! voici qu'à Milan, devant le sourire du Vinci, le Moi fait sa haute éducation; voici que les Barbares, vus avec une plus large compréhension, deviennent l'adversaire, celui qui contredit, qui divise. Ce sera *l'Homme libre*, ce sera *Bérénice*. Quant à ce premier volume, je le répète, point de départ et assise de la série, il se limite à décrire l'éveil d'un jeune homme à la vie consciente, au milieu de ses livres d'abord, puis parmi les premières brutalités de Paris.

Je le vérifiai à leurs sympathies, ils sont nombreux ceux de vingt ans qui s'acharnent à conquérir et à protéger leur Moi, sous toute l'écume dont l'éducation l'a recouvert et qu'y rejette la vie à chaque heure. Je les vis plus nombreux encore quand, non contents de célébrer la sensibilité qu'ils ont d'eux-mêmes, je leur proposai de la cultiver, d'être des «hommes libres», des hommes se possédant en main.

---

c.—THÈSE D' «UN HOMME LIBRE»

Ce Moi, qui tout à l'heure ne savait même pas s'il pouvait exister, voici qu'il se perfectionne et s'augmente. Ce second volume est le détail des expériences que Philippe institua et de la religion qu'il pratiqua pour se conformer a la loi qu'il se posait d'être ardent et clairvoyant.

Pour parvenir délibérément à l'enthousiasme, je me félicite d'avoir restauré la puissante méthode de Loyola. Ah! que cette mécanique morale, complétée par une bonne connaissance des rapports du physique et du moral (où j'ai suivi Cabanis, quelqu'autre demain utilisera nos hypnotiseurs), saurait rendre de services à un amateur des mouvements de l'âme! Livre tout de volonté et d'aspect desséché comme un recueil de formules, mais si réellement noble! J'y fortifie d'une méthode réfléchie un dessein que j'avais formé d'instinct, et en même temps je l'élève. A Milan, devant le Vinci, Philippe épure sa conception des Barbares; en Lorraine, sa conception du Moi.

Ce ne sont pas des hors-d'oeuvre, ces chapitres sur la Lorraine que tout d'abord le public accueillit avec indulgence, ni ce double chapitre sur Venise, qui m'est peut-être le plus précieux du volume. Ils décrivent les moments où Philippe se comprit comme un instant d'une chose immortelle. Avec une piété sincère, il retrouvait ses origines et il entrevoyait ses possibilités futures. A interroger son Moi dans son accord avec des groupes, Philippe en prit le vrai sens. Il l'aperçut comme l'effort de l'instinct pour se réaliser. Il comprit aussi qu'il souffrait de s'agiter, sans tradition dans le passé et tout consacré à une oeuvre viagère.

Ainsi, à force de s'étendre, le Moi va se fondre dans l'Inconscient. Non pas y disparaître, mais s'agrandir des forces inépuisables de l'humanité, de la vie universelle. De là ce troisième volume, *le Jardin de Bérénice* , une théorie de l'amour, où les producteurs français qui tapageaient contre Schopenhauer et ne savaient pas reconnaître en lui l'esprit de notre dix-huitième siècle, pourront varier leurs développements, s'ils distinguent qu'ici l'on a mis Hartmann en action.

---

d.—THÈSE DU «JARDIN DE BÉRÉNICE»

Mais peut-être n'est-il pas superflu d'indiquer que la logique de l'intrigue est aussi serrée que la succession des idées....

A la fin de *Sous l'oeil des Barbares*, Philippe, découragé du contact avec les hommes, aspirait à trouver un ami qui le guidât. Il faut toujours en rabattre de nos rêves: du moins trouva-t-il un camarade qui partagea ses réflexions et ses sensations dans une retraite méthodique et féconde. C'est Simon, ce fameux Simon (de Saint-Germain). Lassé pourtant de cette solitude, de ce dilettantisme contemplatif et de tant d'expériences menues, aux dernières pages d'*Un Homme libre*, Philippe est prêt pour l'action. *Le Jardin de Bérénice* raconte une campagne électorale.

Ce que Philippe apprend, et du peuple et de Bérénice qui ne font qu'un, je n'ai pas à le reproduire ici, car je me propose de souligner l'esprit de suite que j'ai mis dans ces trois volumes, mais non pas de suivre leurs développements. Une vive allure et d'élégants raccourcis toujours me plurent trop pour que je les gâte de commentaires superflus». Qu'il me suffise de renvoyer à une phrase des *Barbares*, fort essentielle, quelques-uns qui se troublent, disant: «Bérénice est-elle une petite-fille, ou l'âme populaire, ou l'Inconscient?»

> Aux premiers feuillets, leur répondais-je, on voit une jeune femme autour d'un jeune homme. N'est-ce pas plutôt l'histoire d'une âme avec ses deux éléments, féminin et mâle? Ou encore, à côté du Moi qui se garde, veut se connaître et s'affirmer, la fantaisie, le goût du plaisir, le vagabondage, si vif chez un être jeune et sensible? Que ne peut-on y voir? Je sais seulement que mes troubles m'offrirent cette complexité où je ne trouvais alors rien d'obscur. Ce n'est pas ici une enquête logique sur la transformation de la sensibilité; je restitue sans retouche des visions ou des émotions profondément ressenties. Ainsi, dans le plus touchant des poèmes, dans la *Vita nuova*, la Béatrice est-elle une amoureuse, l'Église ou la Théologie? Dante, qui ne cherchait point cette confusion, y aboutit, parce qu'*à des âmes, aux plus sensitives, le vocabulaire commun devient insuffisant. Il vivait dans une surexcitation nerveuse qu'il nommait, selon les heures, désir de savoir,*

désir d'aimer, désir sans nom, —et qu'il rendit immortelle par des procédés heureux.

A-t-on remarqué que la femme est la même à travers ces trois volumes, accommodée simplement au milieu? L'ombre élégante et très raisonneuse des premiers chapitres des *Barbares* , c'est déjà celle qui sera Bérénice; elle est vraiment désignée avec exactitude au chapitre *Aventures d'amour* , dans *l'Homme libre* , quand Philippe l'appelle l'«Objet». Voilà bien le nom qui lui convient dans tous ses aspects, au cours de ces trois volumes. Elle est, en effet, objectivée, la part sentimentale qu'il y a dans un jeune homme de ce temps.... Et vraiment n'était-il pas temps qu'un conteur accueillît ce principe, admis par tous les analystes et vérifié par chacun de nous jusqu'au plus profond désenchantement, à savoir que l'amour consiste à vêtir la première venue qui s'y prête un peu des qualités que nous recherchons cette saison-là?

«C'est nous qui créons l'univers,» telle est la vérité qui imprègne chaque page de cette petite oeuvre. De là leurs conclusions: le Moi découvre une harmonie universelle à mesure qu'il prend du monde une conscience plus large et plus sincère. Cela se conçoit, il crée conformément à lui-même; il suffit qu'il existe réellement, qu'il ne soit pas devenu un reflet des Barbares, et dans un univers qui n'est que l'ensemble de ses pensées régnera la belle ordonnance selon laquelle s'adaptent nécessairement les unes aux autres les conceptions d'un cerveau lucide.

Cette harmonie, cette sécurité, c'est la révélation qu'on trouve au *Jardin de Bérénice* , et en vérité y a-t-il contradiction entre cette dernière étape et l'inquiétude du départ *Sous l'oeil des Barbares* ? Nullement, c'était acheminement. Avant que le Moi créât l'univers, il lui fallait exister: ses duretés, ses négations, c'était effort pour briser la coquille, pour être.

II.—PRÉTENDU SCEPTICISME

Et maintenant au lecteur informé de reviser ce jugement de scepticisme qu'on porta sur notre oeuvre.

Nul plus que nous ne fut affirmatif. Parmi tant de contradictions que, à notre entrée dans la vie, nous recueillons, nous, jeunes gens informés de toutes les façons de sentir, je ne voulus rien admettre que je ne l'eusse éprouvé en moi-même. L'opinion publique flétrit à bon droit l'hypocrisie. Celle-ci pourtant n'est qu'une concession à l'opinion elle-même, et parfois, quand elle est l'habileté d'un Spinoza ou d'un Renan sacrifiant pour leur sécurité aux dieux de l'empire, bien qu'elle demeure une défaillance du caractère, elle devient excusable pour les qualités de clairvoyance qui la décidèrent. Mais de ce point de vue intellectuel même, comment excuser des déguisés sans le savoir, qui marchent vêtus de façons de sentir qui ne furent jamais les leurs? Ils introduisent le plus grand désordre dans l'humanité; ils contredisent l'inconscient, en se dérobant à jouer le personnage pour lequel de toute éternité ils furent façonnés.

Écoeuré de cette mascarade et de ces mélanges impurs, nous avons eu la passion d'être sincère et conforme à nos instincts. Nous servons en sectaire la part essentielle de nous-même qui compose notre Moi, nous haïssons ces étrangers, ces Barbares, qui l'eussent corrodé. Et cet acte de foi, dont reçurent la formule, par mes soins, tant de lèvres qui ne savaient plus que railler, il me vaudrait qu'on me dît sceptique! J'entrevois une confusion. Des lecteurs superficiels se seront mépris sur l'ironie, procédé littéraire qui nous est familier.

Vraiment je ne l'employai qu'envers ceux qui vivent, comme dans un mardi-gras perpétuel, sous des formules louées chez le costumier à la mode. Leurs convictions, tous leurs sentiments, ce sont manteaux de cour qui pendent avilis et flasques, non pas sur des reins maladroits, sur des mollets de bureaucrates, mais, disgrâce plus grave, sur des âmes indignes. Combien en ai-je vu de ces nobles postures qui très certainement n'étaient pas héréditaires!... Ah! laissez-m'en sourire, tout au moins une fois par semaine, car tel est notre manque d'héroïsme que nous voulons bien nous accommoder des conventions de la vie de société et même accepter l'étrange dictionnaire où vous avez défini, selon votre intérêt, le juste et l'injuste, les devoirs et les mérites; mais un sourire, c'est le geste qu'il nous faut pour avaler tant de crapauds. Soldats, magistrats, moralistes, éducateurs, pour distraire les simples de l'épouvante où vous les mettez, laissez qu'on leur démasque sous vos durs raisonnements l'imbécillité de la plupart d'entre vous et le remords du surplus. Si nous sommes impuissants à dégager notre vie du courant qui nous emporte avec vous, n'attendez pourtant pas, détestables compagnons, que nous prenions au sérieux ces devoirs que vous affichez et ces mille sentiments qui ne vous ont pas coûté une larme.

Ai-je eu en revanche la moindre ironie pour Athéné dans son Sérapis, pour ma tendre Bérénice humiliée, pour les pauvres animaux? Nul ne peut me reprocher le rire de Gundry sur le passage de Jésus portant sa croix, ce rire qui nous glace dans *Parsifal*. Seulement, à Gundry non plus je ne jetterai pas la réprobation, parce que, si nerveuse, elle-même est bien faite pour souffrir. Toujours je fus l'ami de ceux qui étaient misérables en quelque chose, et si je n'ai pas l'espoir d'aller jusqu'aux pauvres et aux déshérités, je crois que je plairai à tous ceux qui se trouvent dans un état fâcheux au milieu de l'ordre du monde, à tous ceux qui se sentent faibles devant la vie.

Je leur dis, et d'un ton fort assuré: «Il n'y a qu'une chose que nous connaissions et qui existe réellement parmi toutes les fausses religions qu'on te propose, parmi tous ces cris du coeur avec lesquels on prétend te rebâtir l'idée de patrie, te communiquer le souci social et t'indiquer une direction morale. Cette seule réalité tangible, c'est le Moi, et l'univers n'est qu'une fresque qu'il fait belle ou laide.

«Attachons-nous à notre Moi, protégeons-le contre les étrangers, contre les Barbares.

«Mais ce n'est pas assez qu'il existe; comme il est vivant, il faut le cultiver, agir sur lui mécaniquement (étude, curiosité, voyages).

«S'il a faim encore, donne-lui l'action (recherche de la gloire, politique, industrie, finances).

«Et s'il sent trop de sécheresse, rentre dans l'instinct, aime les humbles, les misérables, ceux qui font effort pour croître. Au soleil incliné d'automne qui nous fait sentir l'isolement aux bras même de notre maîtresse, courons contempler les beaux yeux des phoques et nous désoler de la mystérieuse angoisse que témoignent dans leur vasque ces bêtes au coeur si doux, les frères des chiens et les nôtres.»

Un tel repliement sur soi-même est desséchant, m'a-t-on dit. Nul d'entre vous, mes chers amis, qui ne sourie de cette objection, s'il se conforme à la méthode que j'expose. Ce que l'on dit de l'homme de génie, qu'il s'améliore par son oeuvre, est également vrai de tout analyste du Moi. C'est de manquer d'énergie et de ne savoir où s'intéresser que souffre le jeune homme moderne, si prodigieusement renseigné sur toutes les façons de sentir. Eh bien! qu'il apprenne à se connaître, il distinguera où sont ses curiosités sincères, la direction de son instinct, sa vérité. Au sortir de cette étude obstinée de son Moi, à laquelle il ne retournera pas plus qu'on ne retourne à sa vingtième année, je lui vois une admirable force de sentir, plus d'énergie, de la jeunesse enfin et moins de puissance de souffrir. Incomparables bénéfices! Il les doit à la science du mécanisme de son Moi qui lui permet de varier à sa volonté le jeu, assez restreint d'ailleurs, qui compose la vie d'un Occidental sensible.

J'entends que l'on va me parler de solidarité. Le premier point c'était d'exister. Que si maintenant vous vous sentez libres des Barbares et véritablement possesseurs de votre âme, regardez l'humanité et cherchez une voie commune où vous harmoniser.

Prenez d'ailleurs le Moi pour un terrain d'attente sur lequel vous devez vous tenir jusqu'à ce qu'une personne énergique vous ait reconstruit une religion. Sur ce terrain à bâtir, nous camperons, non pas tels qu'on puisse nous qualifier de religieux, car aucun doctrinaire n'a su nous proposer d'argument valable, sceptiques non plus, puisque nous avons conscience d'un problème sérieux,—mais tout à la fois religieux et sceptiques.

En effet, nous serions enchanté que quelqu'un survînt qui nous fournît des convictions.... Et, d'autre part, nous ne méprisons pas le scepticisme, nous ne dédaignons pas l'ironie.... Pour les personnes d'une vie intérieure un peu intense, qui parfois sont tentées d'accueillir des solutions mal vérifiées, le sens de l'ironie est une forte garantie de liberté.

Au terme de cet examen, où j'ai resserré l'idée qui anime ces petits traités, mais d'une main si dure qu'ils m'en paraissent maintenant tout froissés, je crains que le ton démonstratif de ce commentaire ne donne le change sur nos préoccupations d'art. En vérité, si notre oeuvre n'avait que l'intérêt précis que nous expliquons ici et n'y joignait pas des qualités moins saisissables, plus nuageuses et qui ouvrent le rêve, je me tiendrais pour malheureux. Mais ces livres sont de telle naissance qu'on y peut trouver plusieurs sens. Une besogne purement didactique et toute de clarté n'a rien pour nous tenter. S'il m'y fallait plier, je rougirais d'ailleurs de me limiter dans une froide théorie parcellaire et voudrais me jouer dans l'abondante érudition du dictionnaire des sciences philosophiques. Aurais-je admis que ma contribution doublât telle page des manuels écrits par des maîtres de conférences sur l'ordinaire de qui j'eusse paru empiéter! Nul qui s'y méprenne: dans ces volumes-ci, il s'agissait moins de composer une chose logique que de donner en tableaux émouvants une description sincère de certaines façons de sentir. Ne voici pas de la scolastique, mais de la vie.

De même qu'à la salle d'armes nous préférons le jeu utile de l'épée aux finesses du fleuret, de même, si nous aimons la philosophie, c'est pour les services que nous en attendons. Nous lui demandons de prêter de la profondeur aux circonstances diverses de notre existence. Celles-ci, en effet, à elles seules, n'éveillent que le bâillement. Je ne m'intéresse à mes actes que s'ils sont mêlés d'idéologie, en sorte qu'ils prennent devant mon imagination quelque chose de brillant et de passionné. Des pensées pures, des actes sans plus, sont également insuffisants. J'envoyai chacun de mes rêves brouter de la réalité dans le champ illimité du monde, en sorte qu'ils devinssent des bêtes vivantes, non plus d'insaisissables chimères, mais des êtres qui désirent et qui souffrent. Ces idées où du sang circule, je les livre non à mes aînés, non à ceux qui viendront plus tard, mais à plusieurs de mes contemporains. Ce sont des livres et c'est la vie ardente, subtile et clairvoyante où nous sommes quelques-uns à nous plaire.

En suivant ainsi mon instinct, je me conformais à l'esthétique où excellent les Goethe, les Byron, les Heine qui, préoccupés d'intellectualisme, ne manquent jamais cependant de transformer en matière artistique la chose à démontrer.

Or, si j'y avais réussi en quelque mesure, il m'en faudrait reporter tout l'honneur à l'Italie, où je compris les formes.

Réfléchissant parfois à ce que j'avais le plus aimé au monde, j'ai pensé que ce n'était pas même un homme qui me flatte, pas même une femme qui pleure, mais Venise; et quoique ses canaux me soient malsains, la fièvre que j'y prenais m'était très chère, car elle élargit la clairvoyance au point que ma vie inconsciente la plus profonde et ma vie psychique se mêlaient pour m'être un immense réservoir de jouissance. Et je suivais avec une telle acuité mes sentiments encore les plus confus que j'y lisais l'avenir en train de se former. C'est a Venise que j'ai décidé toute ma vie, c'est de Venise également que je pourrais dater ces ouvrages. Sur cette rive lumineuse, je crois m'être fait une idée assez exacte de ces délires lucides que les anciens éprouvaient aux bords de certains étangs.

SOUS L'OEIL DES BARBARES

Voici une courte monographie réaliste. La réalité varie avec chacun de nous puisqu'elle est l'ensemble de nos habitudes de voir, de sentir et de raisonner. Je décris un être jeune et sensible dont la vision de l'univers se transforme fréquemment et qui garde une mémoire fort nette de six ou sept réalités différentes. Tout en soignant la liaison des idées et l'agrément du vocabulaire, je me suis surtout appliqué à copier exactement les tableaux de l'univers que je retrouvais superposés dans une conscience. C'est ici l'histoire des années d'apprentissage d'un Moi, âme ou esprit.

Un soir de sécheresse, dont j'ai décrit le malaise à la page 277, celui de qui je parle imagina de se plaire parmi ses rêves et ses casuistiques, parmi tous ces systèmes qu'il avait successivement vêtus et rejetés. Il procéda avec méthode, et de frissons en frissons il se retrouva: depuis l'éveil de sa pensée, là-bas dans un de ces lits de dortoir, où pressé par les misères présentes, trop soumis à ses premières lectures, il essayait déjà d'individualiser son humeur indocile et hautaine,—jusqu'à cette fièvre de se connaître qui veut ici laisser sa trace.

Dans ce roman de la vie intérieure, la suite des jours avec leur pittoresque et leurs ana ne devait rien laisser qui ne fût transformé en rêve ou émotion, car tout y est annoncé d'une conscience qui se souvient et dans laquelle rien ne demeure qui ne se greffe sur le Moi pour en devenir une parcelle vivante. C'est aux manuels spéciaux de raconter où jette sa gourme un jeune homme, sa bibliothèque, son installation à Paris, son entrée aux Affaires étrangères et toute son intrigue: nous leur avons emprunté leur langage pour établir les concordances, mais le but précis que je me suis posé, c'est de mettre en valeur les modifications qu'a subies, de ces passes banales, une âme infiniment sensible.

Celui de qui je décris les apprentissages évoquerait peut-être dans une causerie des visages, des anecdotes de jadis: il les inventerait à mesure. Certaines sensibilités toujours en émoi vibrent si violemment que la poussière extérieure glisse sur elles sans les pénétrer.

J'ai repoussé ce badinage, que par fausse honte ou pour qu'on admire l'apaisement de notre maturité, nous affectons souvent au sujet de «nos illusions de jeunesse»; mais je me défiai aussi de prêter l'âcreté, où il atteignit sur la fin, à ma description de ses premières années, si belles de confiance, de tendresse, d'héroïsme sentimental.

Chaque vision qu'il eut de l'univers, avec les images intermédiaires et son atmosphère, se résumant en un épisode caractéristique;

les scènes premières, vagues et un peu abstraites pour respecter l'effacement du souvenir et parce qu'elles sont d'une minorité défiante et qui poussa tout au rêve;

de petits traits choisis, plus abondants à mesure qu'on approche de l'instant où nous écrivons;

enfin dans une soirée minutieuse, cet analyste s'abandonnant à la bohème de son esprit et de son coeur:

Voila ce qu'il aurait fallu pour que ce livre reproduisît exactement les cinq années d'apprentissage de ce jeune homme, telles qu'elles lui apparaissent à lui-même depuis cette page 277 et dernière où nous le surprenons exigeant et lassé qui contemple le tableau de sa vie.

Voilà ce que je projetais, le curieux livret métaphysique, précis et succinct, que j'aurais fait prendre en amitié par quelques dandies misanthropes, rêvant dans un jour d'hiver derrière des vitres grésillées.

Du moins ai-je décrit sans malice d'art, en bonne lumière et sobrement. Je me suis décidé à manquer d'éloquence littéraire; je n'avais pas l'onction, ni l'autorité des ecclésiastiques qui parlèrent en termes fortifiants des humiliations de la conscience. Annaliste d'une éducation, je fis le tour de mon sujet en poussant devant moi des mots amoraux et des phrases conciliantes. C'est ici une façon assez rare de catalogue sentimental.

Mais pourquoi si lents et si froids, les petits traits d'analyse! Pourquoi les mots, cette précision grossière et qui maltraite nos complications!

Au premier feuillet on voit une jeune femme autour d'un jeune homme. N'est-ce pas plutôt l'histoire d'une âme avec ses deux éléments, féminin et mâle? ou encore, à côté du Moi qui se garde, veut se connaître et s'affirmer, la fantaisie, le goût du plaisir, le vagabondage, si vif chez un être jeune et sensible? Que ne peut-on y voir? Je sais seulement que mes troubles m'offrirent cette complexité où je ne trouvais alors rien d'obscur. Ce n'est pas ici une enquête logique sur la transformation de la sensibilité; je restitue sans retouche des visions ou émotions, profondément ressenties. Ainsi, dans le plus touchant des poèmes, dans la *Vita nuova*, la Béatrice est-elle une amoureuse, l'Église ou la Théologie? Dante qui ne cherchait point cette confusion y aboutit, parce qu'à des âmes, aux plus sensitives, le vocabulaire commun devient insuffisant. Il vivait dans une excitation nerveuse qu'il nommait, selon les heures, désir de savoir, désir d'aimer, désir sans nom—et qu'il rendit immortelle par des procédés heureux.

Avec sa sécheresse, cette monographie, écrite malgré tout à deux pas de l'*Éden* où je flânai tant de soirs, est aussi une partie d'*un livre de mémoires*.

On pourra juger que ma probité de copiste va parfois jusqu'à la candeur. J'avoue que de simples femmes, agréables et gaies, mais soumises à la vision coutumière de l'univers qu'elles relèvent d'une ironie facile, me firent plus d'un soir renier à part moi mes poupées de derrière la tête. Mais quoi! de la fatigue, une déception, de la musique, et je revenais à mes nuances.

Saint Bonaventure, avec un grand sens littéraire, écrit qu'il faut lire en aimant. Ceux qui feuillettent ce bréviaire d'égotisme y trouveront moins à railler la sensibilité de l'auteur s'ils veulent bien réfléchir sur eux-mêmes. Car chacun de nous, quel qu'il soit, se fait sa légende. Nous servons notre âme comme notre idole; les idées assimilées, les hommes pénétrés, toutes nos expériences nous servent à l'embellir et à nous tromper. C'est en écoutant les légendes des autres que nous commençons à limiter notre âme; nous soupçonnons qu'elle n'occupe pas la place que nous croyons dans l'univers.

Dans ses pires surexcitations, celui que je peins gardait quelque lueur de ne s'émouvoir que d'une fiction. Hors cette fiction, trop souvent sans douceur, rien ne lui était. Ainsi le voulut une sensibilité très jeune unie à une intelligence assez mûre.

Désireux de respecter cette tenue en partie double de son imagination, j'ai rédigé des *concordances*, où je marque la clairvoyance qu'il conservait sur soi-même dans ses troubles les plus indociles. J'y ai joint les besognes que, pendant ses crises sentimentales, il menait dans le monde extérieur. Je souhaite avoir complété ainsi l'atmosphère où ce Moi se développait sans s'apaiser et qu'on ne trouve pas de lacunes entre ces diverses heures vraiment siennes, heures du soir le plus souvent, où, après des semaines de vision banale, soudain réveillé à la vie personnelle par quelque froissement, il ramassait la chaîne de ses émotions et disait à son passé, renié parfois aux instants gais et de bonne santé: «Petit garçon, si timide, tu n'avais pas tort.»

LIVRE I

AVEC SES LIVRES

A Stanislas de Guaita.

CHAPITRE PREMIER

CONCORDANCE

Il naquit dans l'Est de la France et dans un milieu où, il n'y avait rien de méridional. Quand il eut dix ans, on le mit au collège où, dans une grande misère physique (sommeils écourtés, froids et humidité des récréations, nourriture grossière), il dut vivre parmi les enfants de son âge, fâcheux milieu, car à dix ans ce sont précisément les futurs goujats qui dominent par leur hâblerie et leur vigueur, mais celui qui sera plus tard un galant homme ou un esprit fin, à dix ans est encore dans les brouillards.

Il fut initié au rudiment par M.F., le professeur le plus fort qu'on pût voir; d'une seule main ce pédagogue arrachait l'oreille d'un élève qui de plus en devenait ridicule.

Comme son tour d'esprit portait notre sujet à généraliser, il commença dès lors à ne penser des hommes rien de bon.

Étant mal nourri, par manque de globules sanguins il devint timide, et son agitation faite d'orgueil et de malaise déplut.

Bientôt, pour relever ses humiliations quotidiennes, il eut des lectures qui lui donnèrent sur les choses des certitudes hâtives et pleines d'âcreté.

Le roi Rhamsès II est blâmé par les conservateurs du Louvre, ayant usurpé un sphinx sur ses prédécesseurs. Le jeune homme de qui je parle inscrivit de même son nom sur des troupes de sphinx qui légitimement appartenaient à des littérateurs français. Il s'enorgueillit d'étranges douleurs qu'il n'avait pas inventées.

On serait tenté de croire qu'il se donna, comme tous les jeunes esprits curieux, aux poésies de Heine, au Thomas Graindorge *de Taine, à la* Tentation de saint Antoine, *aux* Fleurs du Mal; *il lut cela en effet et bien d'autres littératures, des pires et des meilleures, mais surtout dans «les bibliothèques de quartier» du lycée, il se passionnait pour les doctrines audacieuses qui sont mieux exposées que réfutées par la lignée classique qui va du charmant Jouffroy à M. Caro. Là est le grand secret de l'éducation d'un jeune homme; il s'attache aux auteurs qu'on prétendait ne lui faire connaître que pour les accabler à ses yeux. A dix-huit ans, il était gorgé des plus audacieux paradoxes de la pensée humaine; il en eût mal développé l'armature, c'est possible, mais il s'en faisait de la substance sentimentale. Et le tout aboutit aux visions suivantes auxquelles on a gardé leur dessin de songe augmenté peut-être par le recul.*

DÉPART INQUIET

Il rencontra le bonhomme

Système sur la bourrique

Pessimisme.

Le jeune homme et la toute jeune femme dont l'heureuse parure et les charmes embaument cette aurore fleurie, la main dans la main s'acheminent et le soleil les conduit.

—Prenez garde, ami, n'êtes-vous pas sur le point de vous ennuyer?

Sur ses lèvres, son âme exquise souriait au jeune homme, et les jonquilles s'inclinaient à son souffle léger.

—N'espérons plus, dit-il avec lassitude, que ma pâleur soit la caresse livide du petit jour; je me trouble de ce départ. Jadis, en d'autres poitrines, mon coeur épuisa cette énergie dont le suprême parfum, qui m'enfièvre vers des buts inconnus, s'évapora dans la brume de ces sentiers incertains.

De ses doigts blancs, sur la tige verte d'un nénuphar, la jeune fille saisit une libellule dont l'émail vibre, et, jetant vers le soleil l'insecte qui miroite et se brise de caprice en caprice, ingénument elle souriait.—Mais lui contemple sa pensée qui frissonne en son âme chagrine.—Elle reprit avec honnêteté:

—Pourquoi vous isoler de l'univers? Les nuages, les fleurs sous la rosée et parfois mes chansons, ne voulez-vous pas connaître leur douceur?

—Ah! près des maîtres qui concentrent la sagesse des derniers soirs, que ne puis-je apprendre la certitude! Et que mon rêve matinal possède ce qu'il soupire!

—Qu'importe, reprit-elle, plus tendre et se penchant sur lui, votre sagesse n'est-elle pas en vous? Et si je vous suis affectionnée tel que vous m'apparaissez, ne vous plaît-il pas de persister?

Il décroisa les mains de la jeune fille, et foulant aux pieds les fleurs heureuses, il errait parmi la frivolité des libellules.

Cependant elle le suivait de loin, délicate et de hanches merveilleuses.

Sur l'herbe, au long d'une rivière jonchée de palmes, de palmipèdes et d'enfants troussés et vifs, près de sa maison solitaire où fraîchit la brise dans les stores, le maître, adossé à un osier mort, contemple la fuite de l'eau sous la tristesse des saules. Son lourd vêtement, sa face blême aux larges paupières, son attitude professorale et retranchée, en aucun lieu ne trouveraient leur atmosphère.

Le jeune homme s'arrête, et son coeur battait d'approcher la vérité.

Le miroir bleuâtre frissonna du plongeon des canards huppés de vert, aux becs jaunes et claquant; parmi la lumière éclatante jaillissait le rhythme lourd des lavandières. Lentement et sans découvrir ses yeux, le maître lui parla:

—Contempler distrait de vivre. Chaque matin, je viens ici; deux cents mètres bornent mon activité. Combien d'esprits naissent au bout du chemin; et leur sentier était terminé qu'ils marchaient encore en lisière.

Les canards balancés, les gamins avec des gestes, cancanaient sur la grève.

—Monsieur, reprit-il avec solennité, des jeunes hommes pour l'ordinaire m'entourent, qui se font habiller à Londres par des tailleurs dont ils parlent la langue. Ils suivent mes promenades où me porte un ânon qui m'économise une perte de chaleur préjudiciable à l'activité cérébrale. Voulez-vous m'accompagner aujourd'hui?

Parmi les fleurs, au pâturage, une bourrique sellée se leva, et cependant que de ses longs yeux, doucement voilés de cils, elle inspectait le jeune homme ému, sa plainte serpentait vers les cieux. «Une belle ânesse d'outre-Rhin, et, pour son moral, je vous le garantis.» C'est en ces termes qu'un vétérinaire lui proposa cette acquisition. Un moral garanti! Jadis on dut beaucoup te battre. Que ne peux-tu entendre le maître, tandis qu'il détaille tes qualités et ton humour, juché sur ton dos et te caressant le gras du col, toi si modeste sous ta selle neuve, le poil aimable, les oreilles droites et circonspectes! Des gens courbés sur leurs champs se redressent; ils abritent leurs yeux de la main, et les plus ordinaires ricanent. Cependant le maître murmure:

—«Tout est là; répandre les fleurs préférées sous les quarante ans de vie moyenne qu'à notre majorité nous entreprîmes. Satisfaisons nos appétits, de quelque nom que les glorifie ou les invective le vulgaire. Je vous le dirai en confidence, mon ami, je n'aime plus guère à cette heure que les viandes grillées vivement cuites et les déclamations un peu courtes. Heureux le monde, s'il ne savait de passions plus envahissantes!... Un homme d'esprit se fait toujours quelque satisfaction, fût-ce à être très malheureux. La réflexion est une bonne gymnastique, de celles qui lassent le plus tard. Tâter le pouls à nos émotions, c'est un digne et suffisant emploi de la vie; du moins faut-il que rien de l'extérieur ne vienne troubler cet apaisement: «*Ayez de l'argent et soyez considéré.*»

La chaleur frémissait, monotone, dans le ciel bleu; par la prairie rousse le jeune homme au coeur bondissant voyait à la parole de son maître vaciller l'horizon connu; et des fleurs que lui donna la jeune fille, il chassait les mouches avides de cette frissonnante bourrique.

Vous fûtes sage, bourrique, à cette heure. Un fossé vous présentait son herbe drue et son eau éclatante que fendillent les genêts. Vous arrêtâtes leurs discours et votre marche; vous saviez les habitudes, la halte ombreuse, le pain tiré de la poche et qu'on se partage. Des paroles, même excellentes, ne troublaient point votre judiciaire, et les yeux discrètement fermés, avec la longue figure d'un contemplateur qui dédaigne jusqu'aux méditations, vous demeuriez entre eux deux, remâchant votre goûter, et vos longues oreilles d'argent dressées comme une symbolique bannière par-dessus leurs têtes inquiètes, cependant que votre maître et le mien reprenait son enseignement:

«Je n'insisterai pas sur ces menus principes d'une enfantine simplicité et très vieux. Vous voilà installé dans l'argent et la considération; vous estimez honteux et le trait d'un barbare de brider votre naturel, hormis parfois par raffinement; vous assouvissez vos appétits, vos vices et vos vertus les plus exaspérés, et le dernier de vos caprices se détache de son objet comme la sangsue des chairs qui la gorgent et qui la tuent; alors, si vous ne gisez point dans la voiture des ramollis ou le cabanon des fous, alors, mon excellent ami, comme s'exhale des roses un parfum, un suffisant dégoût des hommes et des femmes en vous se lèvera.

«Des hommes d'abord, car près d'eux votre expérience s'instruisit de plus loin: vous eûtes leur sottise pour compagne, alors que vous grandissiez sous la brutalité des camarades et l'imbécillité des maîtres; vous méprisâtes de suite la grossièreté de leur fantaisie et la lourdeur de leurs ébats; vous répugniez à leurs plaisirs et au serrement de leurs mains gluantes; mais le hasard élut quelques-uns vos amis.—Hélas! outre qu'un si bel ouvrage, chacun tirant à soi, se déchire toujours par quelque endroit, dans une vie amie que puiser, sinon les petitesses et les tracas qui dominent au fond de tous? Certes, il est quelque agrément à consoler et confesser autrui: à s'épancher après que l'on a bu. Mais pour ces fins régals d'analyste, faut-il tant d'appareil! Et le premier venu, cette bourrique, ne seraient-ils pas de suffisants prétextes à déguster l'expansion, cette tisane du noctambule?

«Ce qui est doux, mystérieux et regrettable dans l'appétit d'amitié, c'est les premiers moments qu'elle s'éveille, alors que les parties se connaissent peu et se prisent fort, qu'elles sont encore polies et ne se piquent point de franchise.—Toutefois, considérez ceci: deux chiens se rencontrent; ils s'abordent, se félicitent, s'inspectent, et, quand ils odorent à leur gré, les jeux commencent: aimables indécences, manger qu'on partage et qu'on se vole, toutes les émulations; puis, lassés, ils s'éloignent vers leurs chenils ou des liaisons nouvelles. Je comprends que, parmi les hommes, la société est un peu mêlée pour ce mode de vivre; toutefois, avec du tact et quelque judiciaire, un galant homme saura tirer profit, je pense, de cette facile observation.

«Mais que sert de raisonner, monsieur! Les fades sensibilités, qui soupirent depuis des siècles au fond des consciences humaines, ne se lassent pas sous les arguments que nous leur jetons comme des pierres aux grenouilles crépusculaires coassant dans la campagne. A l'heure où la lune s'allume, où les bêtes féroces jadis assaillaient nos lointains aïeux, où naguère s'embuscadaient nos pères paraphant des alliances dans la chair des assassinés, à cette heure étoilée qui frissonne du gémissement des fiévreux et du perpétuel soupir des amantes, une langueur nous pénètre, un effroi de la solitude, une élévation mystique et des désirs assez vifs,—et s'avance pour triompher la femme.

«Celle-là nous tient plus longtemps que l'homme. Moins franchement personnelle, plus reposante, elle satisfait mieux notre égotisme. Et puis, très jeunes parlent les sens. Cela ne dure guère. Les sports, quels qu'ils soient, ne proposent aux intellectuels que l'occupation d'une heure oisive, qu'un spécifique aux bâillements et aux nourritures échauffantes. Mais la reposante bêtise, l'esprit tout extérieur (la finesse d'un sourire attirant, la douceur d'une voix inutile et qui caresse, l'alanguissement souple et tiède d'un corps qui se confie), c'est ce qu'ignore le jeune mâle et que ne peut oublier l'honnête homme affiné et fatigué.

«Hélas! quand il atteint cette maturité de savoir choisir ses baisers, elles sont parties les petites jeunes et fraîches, dont le caprice est délicieux, car, à la naïveté et à toute la virginité de coeur des amours pures, elles joignent des sciences et des coquetteries dont la complaisance enchante l'homme sain, le sage. Roses écloses du matin (préférables au bouton orgueilleux et intact, comme à la fleur parfumée d'essence, soutenue d'acier et malgré tout découragée), les jeunes amantes ont de l'appétit, une âme amusante à fleur de peau, une pâleur qui leur donne un caractère de passion; et leur corps est frais. Étant gourmandes de sottises, elles s'attachent à la jeunesse. Quelque Méridional bientôt les entraînera, ravies et bondissantes, vers des locaux tumultueux.—Très vite l'homme chauve se lassera des caprices changeants, à cause des réveils trop froids et des soirées déçues, à cause aussi de la cuisine d'amour à jamais humiliante et pareille, à cause des nuques percées de la lance et des jambes qui cotonnent. Nu d'amour et d'amitié, il s'enfoncera plus avant dans la vie intellectuelle.

«Très sec, opulent et considéré, il connaît alors la douceur de tendre son esprit vers la froide science qui grise et de contracter d'égoïstes jouissances son coeur et sa cervelle. Heures exquises et rapides où, fort bien installé, l'on rêve de Baruch de Spinoza qui, lassé de méditation, sourit aux araignées dévorant des mouches, et ne dédaigne pas d'aider à la nécessité de souffrir,—où l'on assiste Hypathie, la servante de Platon et d'Homère, très vieille et très pédante,—où l'on s'attendrit jusqu'aux pleurs et sur soi-même devant l'immortel trésor des bibliothèques.

«Peu à peu, jour sombre, on se l'avoue: tout est dit, redit: aucune idée qu'il ne soit honteux d'exprimer. En sorte que cette constatation même n'est qu'un lieu commun et cet enseignement une vieillerie surannée, et que rien ne vaut que par la forme du dire.

«Et cette forme, si belle que les plus parfaits des véritables dandies ont frissonné, jusqu'à la névrosthénie, de l'amour des phrases, cette forme qui consolerait de vivre, qui sait des alanguissements comme des caresses pour les douleurs, des chuchotements et des nostalgies pour les tendresses et des sursauts d'hosannah pour nos triomphes rares, cette beauté du verbe, plastique et idéale et dont il est délicieux de se tourmenter,—on l'explique, on la démonte; elle se fait d'épithètes, de cadences que les sots apprennent presque, dont ils jonglent et qu'ils avilissent; et tout cela écoeure à la longue, comme une liqueur trop douce, comme la comédie d'amitié, comme encore les baisers que probablement vous désirez....»

(Une émotion ridicule tenait à la gorge le pauvre homme, et son compagnon connut l'orgueil d'être amer.)

Il se tut. La brume tombait avec sa fraîcheur. Ils se levèrent; et tirant rudement la bourrique qui sommeillait, il cria, son bras tendu vers l'inconnu:

«Qu'importe! ceux-là ont souffert que je raconte, mais ils firent chanter à leur indépendance les chansons qu'ils préféraient; à toute heure ils pouvaient s'isoler dans leur orgueil ou dans le néant: leur vie fut telle qu'ils daignèrent. Et je ne crois pas qu'un homme raisonnable hésite jamais à mener les mêmes expériences.»

Dans l'ombre plus épaisse ils se hâtaient en silence. Lui flattait le garrot de la bourrique et même, s'étant penché, il l'embrassa. La bête approuvait de ses longues oreilles amicales et tous trois ils marchaient sous la lune apaisante.

La vieille domestique (admirable de bon sens, tout à fait dans la tradition), debout sur le chemin, guettait le retour de son maître; elle dit simplement: «Vous n'êtes guère raisonnables, messieurs,» mais l'inquiétude faisait trembler sa voix. Et peu après, ils l'entendirent injurier la bourrique: «Bête d'Allemagne, sac à tristesse,» et des jurons, je crois. Le maître s'interrompit pour sourire, il haussa légèrement les épaules, en levant le bras. Non, vraiment, vieille judicieuse, ces messieurs n'étaient guère raisonnable.

Et soulevant ses paupières, il regarda le jeune homme qui s'était laissé glisser à terre. Peut-être tant de lassitude l'effraya; peut-être dans ces yeux vit-il l'aube des jours nouveaux! il lui frappa l'épaule à petits coups: «Qui sait!—cela du moins nous fit passer une journée.—D'ailleurs, nos idées influent-elles sur nos actes?—Et quand nous savons si peu connaître nos actes, pouvons-nous apprécier nos idées?—Attachons-nous à l'unique réalité, au *Moi*.—Et *moi*, alors que j'aurais tort et qu'il serait quelqu'un capable de guérir tous mes mépris, pourquoi l'accueillerai-je? J'en sais qui aiment leurs tortures et leur deuil, qui n'ont que faire des charités de leurs frères et de la paix des religions; leur orgueil se réjouit de reconnaître un monde sans couleurs, sans parfums, sans formes dans les idoles du vulgaire, de repousser comme vaines toutes les dilections qui séduisent les enthousiastes et les faibles; car ils ont la magnificence de leur âme, ce vaste charnier de l'univers.»

C'était une belle attitude, dans le couchant du premier jour de cet adolescent qu'un homme chauve et très renseigné, d'une voix grandie, lui attestant par la poussière des traditions la détresse d'être, et reniant le passé et l'avenir et la Chimère elle-même, à cause de ses ailes décevantes.—Le jeune homme entrevit les luttes, les hauts et les bas qui vacillent, le troupeau des inconséquences; une grande fatigue l'affaissait au départ, devant la prairie des foules. Et son âme demeura parmi tant de débris, solitaire au fossé de son premier chemin.

Quand la jeune fille lui apparut-elle? Dans sa chevelure fleurissait toute une claire journée de prairie; la tendresse de la lune nimbait l'éclat de ses charmes; ses paroles sonnaient comme une eau fraîche sur un front brûlant.

—Pourquoi daignez-vous, mon ami, ternir vos yeux des idées qui planent et qui s'en vont? Nous autres dames, nous allons plus vite et plus loin que vous; où vous raisonnez, nous pénétrons d'un trait de notre coeur, nous pensons si fin que des nuances familières à nos âmes échappent à vos formules, peut-être même à nos soupirs.

—Ah! dit-il, l'interrompant et le coeur ému, est-ce que vous existez donc, vous, mon *amie!* et il sanglotait sur le sable.

—Cela dépend, reprit l'enfant avec tranquillité, mais tout d'abord, puisque vous avez pénétré les apparences et les convenances, courez les oublier avec nous qui savons être ignorantes. Nous respectons des voiles légers, qui n'entravent guère nos caprices; nous négligeons le triomphe ingénu de supprimer des ombres. Que des âmes un peu épaisses se débattent avec le reflet de leur vulgarité; vivons des enchantements qui n'existent pas. Viens nous enivrer parmi des fleurs inconnues; dans mes bras te sourient des songes. Et s'il était vrai que toutes choses eussent perdu leur réalité pour ta clairvoyance, garde-toi de renoncer ou d'instituer en ton rêve le mal et la laideur, mais daigne désirer pour qu'elles naissent, les choses belles et les choses bonnes.

—Quoi, dit-il, relevant son visage lassé, aspirer à quelque but! n'est-ce pas oublier la sagesse?

—Assez conté de bêtises, aujourd'hui! fit-elle ingénument en se pendant au cou du jeune homme; tu n'auras rien perdu si je t'apprends à sourire. Pour tes désirs, mon cher enfant, nous y veillerons plus tard, et puisqu'il faut absolument à ta faiblesse un maître, daigne te guider désormais sur mon inaltérable futilité.

Et la main dans la main, le jeune homme et la jeune femme s'acheminent vers l'horizon fuyant des montagnes bleues, sous un ciel sombre constellé de pétales de roses.

CHAPITRE DEUXIÈME

CONCORDANCE

Par luxure assurément et par désir de paraître, il fit le geste de l'amour quelquefois; autant que leurs sources et son hygiène s'y prêtaient.

Ces personnes à défaut d'urbanité de coeur n'offraient pas même ces lenteurs de la politesse qui seules adoucissent les séparations.

Fréquemment donc il se chagrina.

Et les soirs suivants, jusqu'à l'aube, s'échauffant l'imagination, il ennoblissait son aventure de symbolismes vagues et pénétrants, en sorte qu'elle devint digne de son désir de se désoler et de la niaiserie inévitable de son âge.

TENDRESSE

Combien je t'aurais aimé si je ne

savais qu'il n'y a qu'un Dieu.

L'ARÉOPAGITE.

C'est un baiser sur un miroir.

Au soir, une douce tiédeur emplit l'air violet où se turent enfin les oiseaux; et parmi les saules, au bord des étangs, le jeune homme et la jeune femme s'illuminaient du soleil alangui sur l'horizon.

Elle avait de longs cils, des cheveux dénoués, des draperies flottantes et tous les charmes qui attirent les caresses. Et cependant que de sa baguette, à coups légers, elle soulevait en perles l'eau dormante, son fin visage à demi tourné souriait au jeune homme. Et lui, couché parmi les rares fleurs, il suivait avec nonchalance le reflet de son image balancée sur les étangs.

Alors, sans crainte de froisser les petites branches de lavande, elle s'agenouilla devant lui et le baisa doucement au front pour murmurer:

—Est-ce moi, mon ami, ou sont-ce vos pensées que vous voulez accueillir à cette heure? Daignez comprendre ce qui me plaît parmi ces saules. Voulez-vous donc que je rougisse?

Mais elle s'interrompit de sourire, inquiète de ce jeune homme si las, devinant peut-être qu'il contemplait là-bas, plus loin que tout désir, le temple de la Sagesse Éternelle vers qui les plus nobles s'exaltent. Elle posa sa main délicate sur les yeux du jeune homme.

—Ah! dit-elle, ne sais-tu pas que je suis faite pour qu'on m'aime? Et pourquoi faut-il donc que tu m'écartes, pourquoi te peiner, de mon sourire? J'ai toujours vu que les hommes s'y complaisaient.

Mais lui répondit à cette amoureuse, avec une légère fatigue:

—Ne connais-tu pas aussi ceux-là qui dédaignent vos frissons et n'ont pas souci de vos petites prunelles sous leurs paupières lourdes!

Et comme elle ne répondait point et qu'il craignait toute tristesse, il leva les yeux de sa vague image balancée sur l'eau, pour regarder la jeune femme. Debout dans la lucidité de ce soir or et rosé,—un oiseau comme une flèche dans le ciel entrait,—d'un geste pur, elle entr'ouvrit son manteau et révéla son corps dont la ligne était franche, la chair jeune et mate.

Sa nudité eût assailli tout autre; ses fortes hanches de vierge exaltaient sur sa taille une gorge fraîche et rougissante. Mais le jeune homme se souleva pour atteindre les pans de la draperie envolée dans la brise et, l'ayant avec grâce baisée, la ramena sur les charmes de la jeune femme. Il souriait et il disait:

—J'aime les lentes tristesses, mon amie; passez-moi ce léger travers, comme je vous pardonne vos yeux, votre taille qui fléchirait et toutes ces grâces peut-être inoubliables. Je sais que la petite ligne du sourire des femmes trouble la pensée des sages et, pour nous, la nuance des nuages même. Dans vos prunelles mon image serait plus agitée qu'au miroir de ces étangs rafraîchis par la brise.

Elle se laissa glisser sur la grève et, cachant contre lui son visage, elle gémissait:

—Ah! tu sais trop de choses avant les initiations. Je pense que tu écoutas ce qui monte du passé, et les morts t'auront mangé le coeur. Veux-tu donc être ma soeur, toi qui pourrais me commander? Mais peut-être t'inquiètes-tu par ignorance. Sache que mon corps est beau et que je défie toutes les femmes.

Et lui souriant de cette révolte ingénue:

—Les femmes, amie! crains plutôt ce désir d'amour où je me pâme malgré mon âme. Sais-tu si nos baisers satisferaient cette agitation? Veuille ne pas jouer ainsi de mon repos; prends garde que ton haleine n'éveille mon coeur que nous ignorons. Mais vois donc que je suis las, las avant l'effort et que j'ai peur.... Bercez, calmez mes caprices, amie, et souffrez que je ne m'échappe pas à moi-même.

Hélas! cette musique plaintive mit une joie qui me gâte sa tendresse aux lèvres si fines et dans les cils très longs de la jeune fille. Son oreille contre la poitrine du jeune homme guettait les battements de ce coeur. Créature charmante, pouvait-elle savoir que c'est au front que bat la vie chez les élus. Parce que le sein du jeune homme palpitait, elle bondit debout et, frappant ses mains, tandis que s'en volaient ses cheveux épars, elle éparpilla dans l'ombre son rire joyeux.

Ils atteignirent lentement au sommet de la colline, sous un ciel de lune rougissant. Ce profond paysage d'où affleuraient des branches raides et la plainte monotone des campagnes noyées dans la nuit, fut-il si enchanteur, ou leurs âmes avaient-elles atteint ces équilibres furtifs que parfois réalisent deux illusions entrelacées; brûlaient-elles de cette ardeur intime qui vaporise toute inquiétude? Qu'importe le mot de leur fièvre dévorante! Parmi cette tendresse du soir, sur les gazons onctueux, dans le silence pénétrant et la fraîcheur féconde, la même allégresse, en leurs poitrines allégées d'un même poids, rhythmait leurs pensées et leur sang; et c'est ainsi qu'étendus côte à côte, sans se mouvoir, sans un soupir, yeux perdus dans la nuit d'argent que toujours on regrettera sous la pluie dorée de midi, ils ne furent plus qu'un frissonnement du bonheur impersonnel.—Nuances des musiques très lointaines qui fondez les plus ténues subtilités! limites où notre vie qui va s'affaisser déjà ne se connaît plus! seules peut-être effleurez-vous la douceur mystique de toutes ces choses oubliées.

Et lui, le premier, murmura: «Ai-je raison de me croire heureux?»

La jeune femme se souleva, ses seins peut-être haletaient faiblement. Un rais de lune caressait le jeune homme et deux fleurs fanées se penchaient comme des yeux mi-clos sur son visage. Elle n'avait jamais vu tant de noblesse qu'en cette lassitude précoce. A cette minute il semble qu'elle se troubla de cette pâleur et de ces lignes inquiètes. Absente, elle prononça ce mot, si vulgaire: «Que vous êtes joli, mon amour!»

Alors soudain il eut au coeur une fêlure légère, la première fêlure d'amour, par où s'enfuit le parfum de sa félicité, et se relevant, il froissa les deux fleurs.

—Ah! combien je le prévoyais! vous daignez goûter quelques formes où j'habite, et jamais vous n'atteindrez à m'aimer moi-même, car votre caprice peut-être ne soupçonne même pas sous mes apparences mon âme. Ah! mon incertaine beauté qui n'est qu'un reflet de votre jeunesse! ma parole, ce masque que ne peut rejeter ma pensée! mes incertitudes, où trébuche mon élan! tous ces sentiers que je piétine! tout ce vestiaire, c'est donc vers cela que tu soupirais, pauvre âme?

Et une rougeur avivait son teint délicat. Pouvait-elle comprendre! Elle attira doucement la tête du jeune homme sur son sein; elle posa sa main un peu tiède sur les yeux de l'adolescent, et doucement elle le berçait; en sorte qu'il cessa de se plaindre comme un enfant qui se réchauffe et qui s'endort.... Puis il entrevit peut-être ce temple de la sagesse qui fait la nostalgie des fronts les plus nobles sous les baisers.... La jeune femme, ayant cueilli les fleurs qu'il avait brisées, les plaça dans sa chevelure; et ces frêles mortes faisaient la plus touchante parure qu'une amoureuse eût jamais pour se faire aimer. Tel était son charme, et si pur l'ovale de sa figure parmi ses cheveux déroulés et fleuris, si fine la ligne de sa bouche, si subtile la caresse des cils sur ses yeux, que le jeune homme ne sut plus que penser à elle. Mais un malaise, un regret informe de la solitude flottait en son âme tandis qu'ils descendaient vers la vallée. Et comme il était ému il jugea bon de se révéler a son amie.

—«Mon âme, disait-il, ces légendes où notre mémoire résume la vie des plus passionnés, ce sentiment qui m'entraîne vers toi, et même l'inexprimable douceur de tes attitudes, toutes ces délicatesses, les plus raffinées que nous puissions connaître, ne sont que frivoles papillons dont use l'Idée pour dépister les poursuites vulgaires. Ma lassitude, qui t'étonna, se complaît à sourire de ces furtives apparences et à tressaillir du frôlement de l'Inconnu. J'aime aspirer vers Celui que je ne connais pas. Il ne me tentera plus le sourire fleuri des sentiers qui s'enfuient, du jour qu'au travers du chemin mon désir aura ramassé son objet. Et puisque mon plaisir est d'aimer uniquement l'irréel, ne puis-je dire, ô mon amie, que je possède l'immuable et l'absolu, moi qui réduisis tout mon être à l'espoir d'une chose qui jamais ne sera.

«Comprends donc mon effroi. Je ne crains pas que tu me domines: obéir, c'est encore la paix; mais peut-être fausseras-tu, à me donner trop de bonheur, le délicat appareil de mon rêve! Ta beauté est charmante et robuste, épargne mes contemplations. Que j'aie sur tes jeunes seins un tendre oreiller à mes lassitudes, un doux sentiment jamais défleuri, pareil à ces affections déjà anciennes qui sont plus indulgentes peut-être que le miel des débuts et dont la paisible fadeur est touchante comme ces deux fleurs fanées en tes cheveux. Et l'un près de l'autre, souriant à la tristesse, et souriant de notre bonheur même, fugitifs parmi toutes ces choses fugitives, nous saurions nous complaire, sans vulgaire abandon ni raideur, à contempler la théorie des idées qui passent, froides et blanches et peut-être illusoires aussi, dans le ciel mort de nos désirs; et parmi elles serait l'amour; et si tu veux, mon âme, nous aurons un culte plus spécial et des formules familières pour évoquer les illustres amours, celles de l'histoire et celles, plus douces encore, qu'on imagine; en sorte qu'aimant l'un et l'autre les plus parfaits des impossibles amants, nous croirons nous aimer nous-mêmes.»

La chevelure de la jeune femme, soulevée par le vent, vint baiser la bouche du jeune homme, et cette odeur continuait si harmonieusement sa pensée qu'il se tut, impuissant à saisir ses propres subtilités; et seule la fraîcheur, où soupiraient les fleurs du soir, n'eût pas froissé la délicatesse de son rêve.

L'enfant si belle, n'ayant d'autre guide que la logique de son coeur, se perdait parmi toutes ces choses; et peut-être s'étonnait-elle, étant jeune et de bonne santé.

Ah! ce sable qui gémissait sous leurs pieds dans la vallée silencieuse, pourra-t-il jamais l'oublier?

Dans cette volupté, un égoïsme presque méchant l'isolait peu à peu; jamais sa solitude ne l'avait fait si seul.

Çà et là, sous les palmes noires, des groupes obscurs s'enlaçaient, et il rougit soudain à songer que peut-être son sentiment n'était pas unique au monde.

Mais la jeune fille l'entraînait; légère parmi ses draperies et ses cheveux indiqués dans le vent, elle courait au bosquet qu'éclairent violemment les chansons et le vin. Sous des arbres très durs, sous des torches noires et rouges vacillantes, dans un cercle de parieurs gesticulants, deux lutteurs s'enlaçaient. D'une beauté choquante, ils roulèrent enfin parmi le tumulte. Alors les fleurs délicates de ses cheveux, elle les jeta contre la poitrine puissante du vainqueur....—Au reproche du jeune homme, elle répondit sans même le regarder, Dieu sait pourquoi: «J'adore la gymnastique.» D'une grâce un peu exagérée, elle n'en était que plus émouvante.

Il s'éloigna, et le souci de paraître indifférent ne lui laissait pas le loisir de souffrir. Puis la douleur brutalement l'assaillit.

Comment avait-il osé cette chose irréparable, peut-être briser son bonheur?

D'où lui venait cette énergie à se perdre?—Il fut choqué de passer en arguties les premières minutes d'une angoisse inconnue.—Mais sa douleur est donc une joie, une curiosité pour une partie de lui-même, qu'il se reproche de l'oublier?—En effet, il est fier de devenir une portion d'homme nouveau.—Il se perdait à ces dédoublements. Sa souffrance pleurait et sa tête se vidait à réfléchir. Une tristesse découragée réunit enfin et assouvit les différentes âmes qu'il se sentait. Il comprit qu'il était sali parce qu'il s'était abaissé à penser à autrui.

Balançant ses bras dans la nuit, sans but, il rêva de la douceur d'être deux.

Et, penché sur la plaine, il cherchait la jeune fille. Il l'entrevit debout parmi des hommes. Cette pensée lui fut une sensation si complète de sa douleur, qu'il atteignit à cette sorte de joie du fiévreux enfin seul, grelottant sous ses couvertures. Dans l'obscurité, soudain il s'entendit ricaner, et, au bout de quelques minutes, il songea que les morts, ceux-là mêmes qui lui avaient mangé le coeur, comme elle disait, riaient en lui de son angoisse. Ah! maudit soit le mouvement d'orgueil qui lui fit le bonheur impossible! Et toute la montagne, les arbres, les nuages l'enveloppaient, répétant ce mot «Jamais» qui barrera sa vie.—Combien de temps durèrent ces choses?

Il crut sentir sur ses joues la caresse des cils très longs, et il se leva brusquement, le cou serré. Seules des larmes glissaient sur son visage.

Et je ne sais s'il s'aperçut qu'il gravissait vers le temple de la Sagesse éternelle.

Le soleil chassait les langueurs de l'horizon quand le jeune homme releva son front, rafraîchi par l'ombre du temple et le frisson des hymnes.

Ces éternelles sacrifiées, les mères et les amoureuses, et les blêmes enfants un peu morts, de qui les pères escomptèrent la vie pour animer une formule, toutes les victimes des égoïsmes supérieurs, transverberées de ces flèches glorieuses qui sont les pensées des sages, gisaient sur les parvis du lieu que nous rêvons.—Lui, porteur du signe d'élection, il pénétra dans le Temple.

Là, jamais ne s'exalte la vigueur du soleil, ne s'alanguit l'astre sentimental; une froide clarté stagnante est épandue sur la foule des sages que roule le fleuve des contradictions; et ce flot immémorial effrite les groupes cramponnés à des convictions diverses; il sépare et il joint; il brise ceux-là qui se déchirent pour aider à l'Idéal, il ballotte les plus nobles qui s'abandonnent et sourient, il jette à tous les rivages des systèmes, des éloquences et des crânes fêlés; parfois une certitude, comme une furtive écume sur la vague, apparaît pour disparaître. Toutes ces choses sont l'orgueil de l'humanité; une incomparable harmonie s'en dégage pour les amateurs.

Et sa douleur reconnut en ces ténèbres la brume de son âme: ce tumulte n'était que l'écho grandi de la plainte qui, goutte à goutte, murmurait en son coeur.

Comme des spirales de vapeur qui nous baignent et s'effacent et renaissent, la monotone subtilité de son regret tournoyait en sa tête fiévreuse. Qu'ils sont noirs tes cils sur ton visage mat! Comme ta bouche sourit doucement! Qu'il flotte toujours, le rêve de ton corps et de ta gorge étroite qui me torture! Ah! notre tendresse souillée!

Affaissé dans le couchant de son souvenir, évoquant les senteurs affaiblies de ce sable humide qui criait jadis sous leurs pas, il revécut les nuances de sa tendresse dans la lamentation séculaire des sages. Tous poussaient à grands cris dans le manège des pensées domestiquées par les ancêtres, mais son regard ne se plaisait que sur les plus surannés qui, têtus de complexités, coquettent avec les mystères et sur ces sages légers qui pivotent sur leurs talons et, sachant sourire, ignorent parfois la patience de comprendre. L'esprit humain, avec ses attitudes diverses, tout autour de lui moutonnait à de telles profondeurs, qu'un vertige et des cercles oiseux l'incommodèrent. —Suprême fleur de toutes ces cultures, l'héritier d'une telle sagesse, étendu sur le dos, bâillait.

Sa jeunesse comprit les suprêmes assoupissements et combien tout est gesticulation. Flottantes images de ce bonheur! Nos mots qui sont des empreintes d'efforts évoqueraient-ils la furtive félicité de cette âme en dissolution, heureuse parce qu'elle ne sentait que le moins possible!...

Mais le prétexte de notre moi, sa chair, si lasse que son rêve fuyait à travers elle pour communier au rêve de tous, se souvint pourtant des souillures de la femme et rentra par des frissons dans la réalité familière. Il ne pouvait chasser de lui cette femme fugitive. Lui-même tenait trop de place en soi pour qu'y pût entrer l'Absolu.

Est-il parmi le troupeau des contradictions qui l'entourent, le mot qui fera sa vie une?

Les plus absorbantes douceurs qu'il eût connues ne venaient-elles pas de l'amour? Or, son amour, il l'avait fait lui-même et de sa substance: il aimait de cette façon, parce qu'il était lui, et tous les caractères de sa tendresse venaient de lui, non de l'objet où il la dispensait.

Dès lors pourquoi s'en tenir à cette femme dont il souffrait parce qu'elle était changeante? Ne peut-il la remplacer, et d'après cette créature bornée qui n'avait pas su porter les illusions brillantes dont il la vêtait, se créer une image féminine, fine et douce, et qui tressaillerait en lui, et qui serait lui.

C'est ainsi qu'il vécut désormais parmi la stérile mélopée de tous ces sages, extasié en face la bien-aimée, aussi belle, mais plus rêveuse que son infidèle. Elle avait, sous les cils très longs, l'éclatante tendresse de ses prunelles, et sa bouche imposait dans l'ovale de sa figure parfois voilée de cheveux. Il reposait ses yeux dans les yeux de son amante, et quand, semblable aux vierges impossibles, elle baissait ses paupières bleuâtres, il voyait encore leur douce flamme transparaître.

Il s'agenouilla devant cette dame bénie et jamais extase ne fut plus affaissée que les murmures de cet amour.

De son âme, comme d'un encensoir la fumée, s'échappait le corps diaphane et presque nu de l'amante, si délicate avec ses hanches exquises, son étroite poitrine aiguë et sur ses joues l'ombre des cils. Frêle apparition! dans ce nimbe de vapeurs légères, elle semblait un chant très bas, la monotone litanie des perfections des amours vaines, l'odeur atténuée d'une fleur lointaine, le soupir de douleur légère qui se dissipe en haleine.

«O mon âme, enseignez-moi si je souffre ou si je crois souffrir, car après tant de rêves je ne puis le savoir. Suis-je né ou me suis-je créé? Ah! ces incertitudes qui flottent devant l'oeil pour avoir trop fixé! J'ose dédaigner la vie et ses apparences qu'elle déroule auprès de mes sens. Le passé, je me suis soustrait à ses traditions dès mes premiers balbutiements. L'avenir, je me refuse à le créer, lui qui, hier encore, palpitait en moi au souvenir d'une femme. De mes souvenirs et de mes espoirs, je compose des vers incomparables. J'appris de nos pères que les couleurs, les parfums, les vertus, tout ce qui charme n'est qu'un tremblement que fait le petit souffle de nos désirs; et comme eux tuèrent déjà l'être, je tuai même le désir d'être. L'harmonie où j'atteins ne me survivra pas. J'aime parce qu'il me plaît d'aimer et c'est moi seul que j'aime, pour le parfum féminin de mon âme. Ah! qu'elle vienne aujourd'hui la femme! je défie ses charmes imparfaits.»

Alors un doux murmure, le bruissement des voiles d'une vierge sur l'admiration des humbles prosternés glissa des parvis du temple dont les portes s'écartèrent lentement. Et comme la beauté est une sagesse encore, défiée, sur le seuil elle apparut. Son bras léger au-dessus de sa tête s'appuyait avec grâce aux colonnades, tandis que le charme de sa jeune gorge s'épanouissait. Des arbres rares, un pan du ciel, tout l'univers se résumait au loin à la hauteur de ses petits pieds. Si frêle, elle emplissait tout ce paysage, en sorte que les fleuves, les peupliers et les peuples n'étaient plus que des lignes menues, et au-dessus d'elle il voyait l'idéal l'approuver. Le soir bleuâtre descendait sur les campagnes.

Un grand trouble, comme un coup de vent, emporta l'âme du jeune homme. Et son coeur se gonfla de larmes et de joie. Il entendit un tumulte de tout le temple devant cette invasion des problèmes; et son émoi redoublait à sentir la terreur de tous, en sorte qu'il n'essaya point de lutter. Les yeux clos et le cou bondissant, comme si sa vie s'épuisait vers la bien-aimée, il attendit; et ses bras se tendaient vers elle, indécis comme un balbutiement....

Il frissonnait de cette haleine légère et de tous les frôlements un peu tièdes oubliés. Elle caressait maintenant ses seins nus contre ce coeur, véritable petit animal d'amour, ingénue et nerveuse, avec son regard bleu, en sorte qu'il murmura brisé: «Fais-moi la pitié de permettre que je ne t'aime point.»

Et peut-être eût-il préféré qu'elle l'aimât.

Mais elle le considérait avec curiosité et quoi qu'elle ne comprît guère, son sourire triomphait; puis elle rit dans ce lourd silence, de ce rire incompréhensible qu'elle eut toujours. Alors, soudain, à pleine main, il repousse les petits seins stériles de cette femme. Elle chancelle, presque nue, ses bras ronds et fermes battent l'air; et dans le bruit triomphal de la sagesse sauvée, au travers du temple acclamant le héros, sous les bras indignés, rapide et courbée, elle sortit. Jamais elle ne lui fut plus délicieuse qu'à cette heure, vaincue et sous ses longs cheveux.

Et les sages d'un même sursaut, délivrés, déroulèrent l'hymne du renoncement, la banalité des soirs alanguis et l'amertume des lèvres qu'on essuie, la houle des baisers, leurs frissons qu'il est malsain même de maudire, leurs fadeurs et toutes nos misères affairées. Puis ils répandirent comme une rosée les merveilles de demain, de ce siècle délicat et somnolent où des rêveurs aux gestes doux, avec bienveillance, subissant une vie à peine vivante, s'écarteront des réformateurs et autres belles âmes, comme de voluptueuses stériles qui gesticulent aux carrefours, et délaissant toutes les hymnes, ignoreront tous les martyrs.

Il leva doucement le bras puis le laissa retomber. Que lui importait le sort de la caravane, passé l'horizon de sa vie! Peut-être s'était-il convaincu que tant de querelles à la passion tournoyent comme une paille dans une seconde d'émotion! Il les quitta.

Que la stérile ordonnance de leurs cantiques se déroule éternellement!

Aux appels de son amant la jeune femme ne se retourna point. Elle disparut sous les feuillages entre les troncs éclatants des bouleaux. Elle ne daignait même pas soupçonner ces bras suppliants et ces désirs. Il parut au jeune homme que leur distance augmentait; peut-être seulement son coeur était-il froissé. Il reconnut l'univers; il sentit une allégresse, mais allait-il encore vivre vis-à-vis de soi-même! Une sorte de fièvre le releva, il eut un élan vers l'action, l'énergie, il aspirait à l'héroïsme pour s'affirmer sa volonté.

Vers le soir il atteignit le sable des étangs, et parmi les saules, au bord de ces miroirs, il regarda la nuit descendre sur la campagne. Là-bas apparut cette forme amoureuse, souvenir qui vacille au bord de la mémoire et qui n'a plus de nom; dans un nuage vague elle se fit indistincte, comme un désir s'apaise.

Il n'avait tant marché que pour revenir à cette petite plage où naquit sa tendresse. Son coeur était à bout. Il savait que la vie peut être délicieuse; il renonça rêver avec elle au bois des citronniers de l'amour et cela seul lui eût souri. Ses méditations familières lui faisaient horreur comme une plaine de glace déjà rayée de ses patins. Il bâilla légèrement, sourit de soi-même, puis désira pleurer.

Du doigt, il traça sur la grève quelques rapides caractères. La brise qui rafraîchissait son âme effaça ces traits légers.—

Cette légende est vraiment de celles qui sont écrites sur le sable.

Tout de son long étendu, les yeux fatigués par le couchant, seul et lassé, il parut regarder en soi....

CHAPITRE TROISIÈME

CONCORDANCE

A vingt ans, il sentait comme à dix-huit, mais il était étudiant et à sa table d'hôte (celle des officiers à cent francs par mois) mangeait mieux qu'au lycée; en outre il pouvait s'isoler.

L'usage de la solitude et une nourriture tonique augmentèrent sa force de réaction. Les éléments divers qui étaient en lui: 1° culture d'un lycéen qui a passé son bacca-

lauréat en 1880; 2° expérience du dégoût que donnent à une âme fine la cuistrerie des maîtres, la grossièreté des camarades, l'obscénité des distractions; 3° désir et noblesse idéale, aboutirent au rêve.

En frissonnant, il s'enfonçait dans cette façon de rêve scolaire et sentimental où l'on retrouvera juxtaposées de confuses aspirations idéalistes, des tendresses sans emploi et de l'âcreté.

En vérité, ceux qui se retournent avec ferveur vers des images d'outre-tombe ne témoignent-ils pas qu'ils sont mécontents de leurs contemporains, échauffés de quelque sentiment intime, inassouvi?

DÉSINTÉRESSEMENT

Toujours triste, Amaryllis! les jeunes hommes t'auraient-ils délaissée, tes fleurs seraient-elles fanées ou tes parfums évanouis? Atys, l'enfant divin, te lasserait-il déjà de ses vaines caresses? Amaryllis, souhaite quelque objet, un dieu ou un bijou; souhaite tout, hors l'amour, où je suis désormais impuissant;—encore, que ne pourrait un sourire de celle que chérit Aphrodite!

Ainsi Lucius raillait doucement Amaryllis, la très jeune courtisane, aux yeux et aux cheveux d'une clarté d'or, tandis que glissait la barque sur le bleu canal, parmi les nénuphars bruissants. Très bas sur leurs têtes, les arbres en berceau se mirent, sans un frisson, dans l'eau profonde. La rive s'enorgueillit de ses molles villas, de ses forêts d'orangers et de sa quiétude. Entre les branches vertes, apparaît par instant le marbre vieil ivoire des dieux qui semblent de leurs attitudes immuables dédaigner les discours changeants de la facile Orientale et de son sceptique ami.—Au loin, pâle ligne rosée fondant sous la chaleur, les montagnes, refuges des solitaires et des bêtes féroces, troublaient seules la rêverie de ce ciel.

Mais déjà on approchait de la plage où, mollement couchée sous la caresse des flots et des brises, la ville étend ses bras sur l'océan et semble appeler l'univers entier dans sa couche parfumée et fiévreuse, pour aider à l'agonie d'un monde et à la formation des siècles nouveaux.

Avec une grâce lassée, Amaryllis reposait sur des coussins de soie blanche. Son lourd manteau d'argent cassé semblait voluptueusement blesser son corps souple. Ses bras ronds veinés de bleu couronnaient son visage de vierge qui trouble les adolescents, et de sa faible voix très harmonieuse:

—Riez, ô Lucius, riez. Si quelqu'un des mortels pouvait dissiper mon ennui, c'est à toi qu'irait mon espoir. Tu as aimé, Lucius, on le dit, tu pleuras près des couches trop pleines. Tu t'es lassé du rire de la femme; comprends donc que je me désespère du perpétuel soupir des hommes. Je suis jeune et je suis belle et je m'ennuie, ô Lucius. Les divines tendresses d'Atys, les inquiétants mystères d'Isis et la grandeur de Serapis n'apaisent pas mes longs désirs; or je sais trop ce qu'est Aphrodite pour daigner me tourner vers elle. C'est par moi que naît l'amour, et je sais ses souffrances et qu'elles lassent, car gémir même devient une habitude. Je suis une Syrienne, la fille d'une affranchie qui prophétisait; tu es un Romain, presque un Hellène, tu sais railler, ô Lucius, mais il serait plus doux et plus rare de pouvoir consoler.»

Debout contre la rampe du baldaquin pourpre et noir, le Romain jouait avec les glands d'or de sa tunique de soie jaune. L'élégance de ses mouvements révélait l'usage et la fatigue de vivre pleinement. Il évitait les mots sérieux qui sont maussades:

—Amaryllis, disait-il, laisse-moi m'étonner qu'un si petit coeur puisse tant souffrir et qu'il tienne de telles curiosités sous un front gracieux si étroit. Tu as de jeunes et riches amants, des philosophes et même des singes qui font rire. Pourquoi désirer des dieux et des choses innommées!

Sous la soie bleuâtre de sa tunique transparaissait le corps tant adoré de la jeune femme encadré de brocart. Ses doigts effilés jouaient avec la bulle de cristal jaunâtre, où sa mère jadis enferma les conjurations. On n'entendait que le bruissement de l'eau contre la barque; de loin en loin sautait un poisson avec le rapide éclat d'argent de son ventre. Mais seul un souffle triste agitait le coeur meurtri de l'enfant.

—Quel mime, quel thaumaturge, quel temple visitera aujourd'hui notre chère Amaryllis? Je la conduirai selon ses désirs avant de me rendre au Serapeum.

—Athéné vous convoque aujourd'hui? interrogea, en se soulevant et d'une voix réveillée, la jeune femme. Athéné! on dit qu'elle sait les choses et des dieux la protègent. Une fois que j'étais couronnée de fleurs et de jeunes amants, comme on sort d'une fête de nuit, je l'ai vue sur les tours de Serapeum, extasiée et en robe blanche. Mes amis l'acclamèrent et je ne fus pas jalouse, puisqu'elle est une divinité chaste. Alors survinrent pour la huer ces hommes qui adorent un crucifié et possèdent toute certitude. Au-dessus d'elle la lune pâlissait, plus lointaine à chaque insulte; mais eux étaient trempés du soleil levant comme du sang de la victoire et je pense que c'est un présage. Comment subjugue-t-elle les âmes? Est-elle donc plus belle que moi? Elle pourrait guérir mon chagrin.

—Tu rêves toujours, Amaryllis, et tes rêves te gâtent ta vie. Daigne sourire, ma chère Lydienne, et contre ton baiser viendront se briser les faibles et dépouiller leurs dernières illusions les forts. Jouis de l'heure qui passe, des caresses des plus jeunes et de l'amitié de ceux qui sont las, et laissons vivre du passé la vierge du Serapeum.

Et s'étant incliné, il serrait la main d'Amaryllis entre ses doigts. Mais elle se mit à pleurer.

—Au nom de nos plaisirs que tu te rappelles, par l'amour que tu avais de mes petites fossettes, par ta haine des chrétiens qui seuls me résistent, par mes larmes qui me rendront laide, Lucius, mène-moi chez Athéné.

Le jeune homme la soutint dans ses bras et s'agenouillant devant elle:

—Le sort, lui dit-il, t'avait donné un corps sain et beau. Faut-il y introduire la pensée qui déforme tout!

Mais comme elle ne cessait de gémir et que les pleurs d'une femme attristent les plus belles journées:

—Soit, Amaryllis, souris et donne-moi la main pour que nous allions vers Athéné et que je te mène comme un jeune disciple.

L'enfant releva la tête. Un sourire joyeux éclairait son fin visage tandis qu'elle réparait l'appareil de sa beauté. Les avirons se turent, et contre la rive où circulait tout un peuple, un faible choc secoua la barque.

«Au Serapeum», dit-elle avec orgueil. Dans une litière, à l'ombre des colonnades, ils avançaient lentement parmi toutes les races parfumées de cet Orient, que rehaussent les plus curieuses prostitutions de la femme et des jeunes hommes. Soudain, au détour d'une rue, ils rencontrèrent une populace hurlante, de figures féroces et enthousiastes: chrétiens qui couraient assommer les Juifs. La courtisane, tremblante, penchait malgré elle son fin visage hors des draperies, et dans le ruissellement de sa chevelure dorée elle cherchait, en souriant un peu, le regard de Lucius. Alors du milieu de ce torrent, un homme qui les dominait tous de sa taille et de ses excitations lui cria:

—La femme des banquets ira pleurer au temple! le dieu est venu dont le baiser délivre des caresses de l'homme!

Et tous disparurent par les rues sinueuses vers les massacres.

Avec la triple couronne de ses galeries effritées et les cent marches croulantes de son escalier, le Serapeum dominait la ville, ses splendeurs, ses luxures et tous ses fanatismes. Sur ses murs déjoints fleurissaient des câpriers sauvages. Mais il apparaissait comme le tombeau d'Hellas. Les images des gloires anciennes et plus de sept cent mille volumes l'emplissaient. Ces nobles reliques vivaient de la piété d'une auguste vierge, Athéné, pareille à notre sensibilité froissée qui se retire dans sa tour d'ivoire.

Elle avait hérité des enseignements, et chaque semaine elle réunissait les Hellènes. Elle soutenait dans ces esprits, exilés de leur siècle et de leur patrie, la dignité de penser et le courage de se souvenir. Ceux-là même l'aimaient qui ne la pouvaient comprendre.

Dans la grande salle, pavée de mosaïques éclatantes et tapissée des pensées humaines, Athéné, qu'entouraient des Romains, des Grecs, beaucoup de lents vieillards et quelques élégantes amoureuses des beaux diseurs et des jolies paroles, semblait une jeune souveraine; ses yeux et tous ses mouvements étaient harmonieux et calmes.

Suivie de Lucius, Amaryllis entra pleine de trouble et de charme. La vierge les accueillit avec simplicité.

—Tu es belle, Amaryllis, il convient donc que tu sois des nôtres. Tu connaîtras ce que fut la Grèce, ses portiques sous un ciel bleu, ses bois d'oliviers toujours verts et que berçait l'haleine des dieux, la joie qui baignait les corps et les esprits sains, et ton coeur mobile comprendra l'harmonie des désirs et de la vie. Plotin, à qui les dieux se confièrent, avait coutume de dire: «Où l'amour a passé, l'intelligence n'a que faire.» Amaryllis, en toi Kypris habita, prends place au milieu de nous, comme une soeur digne d'être écoutée.

—L'amour, Athéné, dit un jeune homme, est-ce bien toi qui le salue?

Elle dédaigna d'entendre ce suppliant reproche, et fit signe qu'elle avait cessé de parler.

Un orateur communiqua de tristes renseignements sur les progrès de la secte chrétienne, qui prétend imposer ses convictions, sur le discrédit des temples indulgents et le délaissement des hautes traditions. Il évoqua le tableau sinistre des plaines où mourut un empereur philosophe parmi les légions consternées. Il dit ta gloire, ô Julien, pâle figure d'assassiné au guet-apens des religions; tu sortais d'Alexandrie, et tu t'honoras du manteau des sages sous la pourpre des triomphateurs; tu sus railler, quand tous les hommes comme des femmes pleuraient; au milieu des flots de menaces et de supplications qui battaient ton trône, tu connus les belles phrases et les hautes pensées qui dédaignent de s'agenouiller.

Tous applaudirent cette glorification de leur frère couronné, et quand le vieillard, grandi par son sujet, salua de termes anciens et magnifiques ceux qui meurent pour la paix du monde devant les barbares, et ceux-là, plus nobles encore, qui combattent pour l'indépendance de l'esprit et le culte des tombeaux, tous, les femmes et les hommes, les jeunes gens que grise le sang et ceux qui tremblent de froid, se levèrent, glorifiant l'orateur et le nom de Julien, et déclarant tout d'une voix que le discours fameux de Périclès avait été une fois égalé. L'orateur était vieux, il ne sut s'arrêter.

—Laissez, disait un poète, laissez agir les dieux et la poésie, nous triompherons de la populace comme, jadis, nos pères, de tous les barbares. Quelques-uns de leurs chefs ne sont-ils pas des nôtres?

—Moi, je vous dis, interrompit un Romain, ancien chef de légion, que leurs chefs ne peuvent rien, je dis que tous vous aimez et comprenez trop de choses, que la foule vous hait, comme elle hait le Serapis pour ce qu'elle l'ignore, et que si vous n'agissez en barbares, ces barbares vous écraseront.

Un murmure s'éleva, et des femmes voilèrent leur visage. Cependant Amaryllis disait aux jeunes hommes d'une voix chantante et assez basse:

—Nous sommes des Hellènes d'orgueil, mais où va notre coeur? De Phrygie, de Phénicie nous vinrent Adonis que les femmes réveillent avec des baisers, Isis qui régnait et la grande Artémis d'Ephèse, qui fut toujours bonne. D'Orient encore nous viennent les amulettes, et les noms de leurs dieux, étant plus anciens, plaisent davantage à la divinité.

Un autre se récitait des idylles, et une douce joie inondait son visage.

L'ombre maintenant envahissait la salle. Par les portes ouvertes des terrasses un peu d'air pénétrait. Sur la mosaïque, les jeunes hommes traînèrent leurs escabeaux d'ébène près des coussins des femmes. La ligne sombre des armoires encadrait la soie et les brocarts; les fresques s'éteignaient, plus religieuses dans ce demi-jour; la salle semblait plus haute, et les dieux de marbre étaient plus des dieux.

La vierge, debout, considérait ce petit monde, le seul qu'elle connût parmi les vivants, le seul qui pût la comprendre et la protéger; si elle souffrait des phrases inutiles, de l'intrigue et de la vanité de son entourage, ou si elle vaguait loin de là dans le sein de l'Être, sa noble figure ne le disait point. Alors des siècles de grossièreté n'avaient pas modelé le visage humain à grimacer comme font mes contemporains.

A ce moment une clameur monta de la place, et pénétra en tourbillons indistincts dans l'assemblée, qu'elle balaya et fit se dresser inquiète. Une bande impure vociférait au pied du Serapeum. Les plus hardis avaient gravi les premières marches du temple. On les voyait dégoûtants de haillons, la tête renversée en arrière, la gorge et la poitrine gonflées d'insultes. Et le nom d'Athéné montait confusément de cette tourbe, comme une buée d'un marais malsain.

Sans faiblir, la vierge s'appuyait au marbre effrité des balustrades. Sur la plaine uniforme des toits, les raies noires des rues aboutissant au Serapeum lui paraissaient les égouts qui charriaient la fange de la cité dans cette populace ignominieuse.

Un vieillard, avec respect, prit la main de la jeune fille et lui dit;

—Tu ne dois pas les écouter ni les craindre.

Elle l'écarta doucement.

Amaryllis se demandait: «Est-il vrai que leurs temples sont pleins de femmes? Quel charme infini émane du bel adolescent qu'ils servent!» Elle se sentait attirée vers cet inconnu, et plus sœur de ces hommes ardents et redoutables que de ces Romains altiers, de ces railleurs et de ces pédantismes secs.

Elle entendait à demi l'accent ironique de Lucius:

—Dédaignons-les! un léger dédain est encore un plaisir. Mais gardons-nous de les mépriser; le mépris veut un effort et nous rapprocherait de ces curieux fanatiques.

A ce moment, sous l'effort de la foule, un des Anubis qui décorait la place chancela, s'abattit, et une clameur triomphale flotta par-dessus les décombres.

Lentement Athéné se retourna. Une haute dignité s'imposait de cette vierge indifférente à la colère d'un peuple, et d'une voix ample et douce, semblable sur les clameurs de la foule à la noblesse d'un cygne sur des vagues orageuses, elle déclama un hymne héroïque des ancêtres.

Quand elle s'arrêta, le cou gonflé, haletante, transfigurée sous le baiser de l'astre qui, là-bas, dans l'or et la pourpre s'inclinait, les jeunes gens palpitaient de sa beauté. Un silence majestueux retomba derrière ses paroles. Elle haussait les âmes médiocres. Lucius, accoudé aux débris de quelque immortel, goûtait une profonde et délicieuse mélancolie.

Le soleil disparut de ce jour dans une taché de pourpre et de sang, comme un triomphateur et un martyr. Il avait plongé dans la mer toute bleue, mais de son reflet il illuminait encore le ciel, semblable à toutes ces grandes choses qui déjà ne sont plus qu'un vain soutenir quand nous les admirons encore.

Athéné maintenant contemplait les jardins, leur stérilité, la ruine des laboratoires, et une fade tristesse la pénétrait comme un pressentiment. Elle leva la main, et d'une voix basse et précipitée; tandis qu'au loin les cloches de Mithra et telles des chrétiens convoquaient leurs fidèles, tandis que les hurleurs s'écoulaient et que seul le soir bruissait dans la fraîcheur:

—Je jure, dit-elle, je jure d'aimer à jamais les nobles phrases et les hautes pensées, et de dépouiller plutôt la vie que mon indépendance.

Et d'une voix calme, presque divine: «Jurez tous, mes frères!»

—Athéné, sur quoi veux-tu que nous jurions?

—Sur moi, dit-elle, qui suis Hellas.

Et tous étendirent la main.

Mais déjà, la représentation finie, ils s'empressaient à rajuster leurs tuniques, à draper les plis de leurs manteaux, pour sortir par les jardins.

Amaryllis à l'écart pleurait; après cette journée tant émue, ses nerfs avaient faibli sous la suprême invocation de la vierge. Athéné promenait ses lents regards, et rien dans sa sérénité ne trahissait l'impatience de solitude que ces longues séances lui laissaient. Elle vit la courtisane et l'embrassa devant tous, et la tendre Lydienne s'abandonnait à cette étreinte. On applaudit. Ces fils artistes de la Grèce trouvaient beau la vierge aux contours divins enlacée de la souple Orientale: pure colonne de Paros où s'enroule le pampre des ivresses.

Lucius songeait: «Hélas! Athéné, vous voulez nous élever jusqu'à l'intelligence pure et nous défendre toutes les illusions, celles qui nous font pleurer et celles dont nous rêvons; craignez qu'il ne vous enlève encore cette enfant, celui qui abaissa les pensées de nos sages jusqu'au peuple, et qui, dans sa mort comme dans sa vie, évoque tous les troubles de la passion.»

L'agitation persista, car les ennemis d'Athéné gagnaient de l'audace à demeurer impunis, et la foule se prenait à haïr celle qu'on insultait tout le jour.

Quand revint le cours de la vierge, le Romain, avec une bienveillante ironie, lui conduisit l'Orientale:

—Je te présentai une servante d'Adonis, c'est une chrétienne qu'il faut dire aujourd'hui.

Athéné, avec la lassitude de son isolement et de son élévation, répondit:

—Qu'importe, peut-être, Lucius! Ne pas sommeiller dans l'ordinaire de la vie, être curieux de l'inconnaissable, c'est toute la douloureuse noblesse de l'esprit; tu la possèdes, Amaryllis. Et pouvons-nous te reprocher, à toi qui naquis d'une affranchie orientale, le malheur d'ignorer la forme sereine et définitive, que surent donner à cette inquiétude nos aïeux, les penseurs d'Hellas?

Dans cette excuse se dressait un peu de fierté, et ce fut tout son reproche à la Chrétienne. Puis en peu de mots elle les remercia d'être venus. Ses amis le plus affichés, jugeant le péril imminent, s'étaient excusés. Seul, un vieillard rejoignit, auprès de la vierge, Amaryllis et Lucius. Il était poète et chancelant. Il affirma que la populace, un peu égarée, se garderait de tous excès. Lucius et Athéné empêchèrent Amaryllis de lui dessiller les yeux: cette vierge ignorante de la vie et ce débauché trop savant estimaient cruel et inutile de rompre l'harmonie d'un esprit, et que les plus beaux caractères sont faits du développement logique de leurs illusions.

Cependant, avec simplicité, Athéné commença son enseignement au petit groupe attentif:

—«Je comptais sur vous, mes amis, car toujours il me sembla que les poètes et les amis du plaisir, disposant, les uns du coeur des grandes héroïnes, les autres du coeur des jeunes hommes et des jeunes femmes, n'ont point à user de leur propre coeur pour les frivolités passagères, et qu'ainsi, aux heures troublées, ils le trouvent intact dans leur poitrine.

«Et puis les poètes et les voluptueux ne savent-ils pas se comporter plus dignement qu'aucun envers la mort, car ceux-ci n'en parlent jamais, et les hommes inspirés la chantent en termes magnifiques, avec tout le déploiement de langage qui convient aux choses sacrées.

«Elle est la félicité suprême, l'inconnue digne de nos méditations, la patrie des rêves et des mélancolies. Elle est le seul, le vrai bonheur. Quelques sueurs et des contractions la précèdent qu'il faut couvrir d'un voile, mais aussitôt nous nous fondons dans l'Être, nous sommes soustraits aux douleurs du corps; plus d'angoisse, plus de désir, nous nous absorbons dans l'un, dans le tout....»

Sa voix était un peu cadencée et, par moments, s'envolait avec l'ampleur d'un hymne aux dieux. Au milieu des huées d'un peuple, il y avait une rare dignité dans cette vierge si jeune et belle, déployant, comme un riche linceul, l'apothéose de la mort.

Elle vit le vieillard qui considérait la salle vide avec des yeux touchés de larmes, car ces nobles paroles le faisaient songer plus amèrement encore à cet abandon. Et s'interrompant:

«Je veux laisser là, dit-elle, les pensées des sages, puisque aujourd'hui elles l'attristent, ô mon poète! mais garde-toi de mêler de mauvaises pensées au regret des absents. Ce n'est pas sans doute faute de courage qu'ils se refusent à braver la populace, mais songez, mes amis, combien justement les hommes raisonnables pourraient vous traiter d'insensés, vous qui préférez vous joindre aux femmes plutôt que de suivre les principaux; et toutes deux, Amaryllis, ne devons-nous pas rougir, quand ces autres supportent avec une telle fermeté la vie qui nous est si lourde!»

A cet instant une rumeur monta de la place, un bruit de course, des cris d'effroi: dans le lointain, un nuage de poussière s'élevait, comme la marche d'un grand troupeau. Les Solitaires! Ainsi étaient déchaînés les plus féroces des hommes contre une femme.

Lucius et ses amis voulurent entraîner Athéné.

—Ils n'ont que moi, répondit-elle en indiquant d'un geste les armoires, les bibliothèques et les statues des ancêtres. Je ne délaisserai pas les exilés.

Amaryllis se jeta à genoux, et elle baisait les mains de la vierge héroïque.

—Jamais! reprit-elle.

La grandeur du sacrifice lui donnait à cette heure une beauté inconnue des vivants. Elle reprit:

—Quittons-nous, mes frères. Le passage des jardins est libre encore.

Elle devina leurs refus, et ses lèvres qu'allait sceller la mort consentirent au mensonge.

—Seuls, dit-elle, leurs chefs peuvent arrêter ces fanatiques; ils nous savent innocents et nobles; hâtez-vous de les prévenir....

«Mais s'il advenait ce que vous craignez, garde-toi, Lucius, de toute amertume. Transmets à nos frères ma suprême pensée, et que toujours ils se souviennent des ancêtres. Et toi, Amaryllis, puisque tu es belle, console les jeunes hommes; s'il se trouvait,—je puis, à cette extrémité, supposer une chose pareille,—s'il se trouvait que quelqu'un d'entre eux ait soupiré auprès de moi, et que ma froideur l'ait contristé, prie-le qu'il veuille me pardonner, dis-lui qu'il n'est rien de vil dans la maison de Jupiter, mais qu'il m'a paru que, à la dernière d'une race, cela convenait de demeurer vierge et de se borner à concevoir l'immortel; et comme je n'avais pas la large poitrine des femmes héroïques, mon coeur gonflé pour Hellas l'emplissait toute.»

Amaryllis, qui pleurait depuis longtemps déjà, éclata de sanglots et déchira ses vêtements avec des cris qui faisaient mal. Le vieillard et Lucius ne purent retenir leurs larmes.

Athéné leur dit doucement:

—Je vous prie, amis.

Puis Amaryllis tremblait d'effroi.

Dehors un silence sinistre pesait. On sentait l'attente de toute une ville et comme l'embuscade d'un grand crime.

La vierge dit au vieillard, qui seul était demeuré: «Père, laisse-moi.»

Il répondit en sanglotant:

—Je t'ai connue quand tu étais petite.... Je suis très vieux, et toi seule m'aime parmi les vivants....

Soudain ils se turent.

En bas, une marche cadencée retentissait sur les dalles. «Les légions!» cria-t-il. Et tous deux se sentirent une immense joie, et cependant quelque chose comme une déception de martyrs. C'étaient les Barbares à la solde de l'Empire, casqués d'airain et leurs épées sonnant à chaque pas. Honte! ils protègent la ville seule! ils sacrifient le Serapis aux fanatiques qui accourent, farouches sous leurs peaux de bêtes, avec des piques.

Elle répéta: «Père, laisse-moi, car il n'est pas convenable qu'une femme meure devant un homme.»

Il cessa de pleurer, et relevant la tête:

—Linus fut déchiré par des chiens enragés, mais Orphée enchantait les bêtes féroces. Le dernier de leurs pieux disciples s'enorgueillit de tenter un destin semblable.

La jeune fille n'essaya pas de le retenir. Peut-être convenait-il que des vers fussent déclamés devant la mort de la petite-fille de Platon et d'Homère.

De la terrasse, elle vit le doux vieillard s'avancer vers la populace. A peine il ouvrait la bouche qu'une pierre lui fendit le front, où chante le génie des poètes. Et la vierge immaculée dédaigna d'en voir davantage. De ce peuple vautré dans la bestialité, elle haussa son regard jusqu'au ciel et jusqu'au divin Hélios, qu'environne l'éther immense où se meuvent, sur le rhythme des astres, les âmes les plus nobles.

On entendait le bruit des poutres contre les portes vermoulues, et des voix hurlant la mort.

Comme une prêtresse, avec une lente sérénité, dans un jour solennel, accomplit selon les rites anciens les prescriptions sacrées, ainsi Athéné se tourna vers la lointaine, vers la pieuse patrie d'Hellas:

—Adieu, disait-elle, ô ma mère! ô la mère de mes aïeux! Athènes qui n'es plus qu'une ruine harmonieuse, près de dépouiller l'existence, je te salue de ma dernière invocation!

«Tu m'adoucis ma jeunesse, tu m'instituas un refuge dans ta gloire contre les choses viles, contre la médiocrité et la souffrance, et s'il n'avait tenu qu'à toi, j'eusse connu la douceur du sourire.

«Tu déposas en moi tes plus nobles pensées et tes rhythmes les plus harmonieux, et tu ne craignis point que ma faiblesse, de femme et de vierge, alanguît ton génie. Et maintenant, mère, puisqu'il te plaît de me délivrer, enseigne-moi l'antique secret de mourir avec simplicité.»

Puis s'adressant aux statues d'Homère et de Platon:

—Un jour, dit-elle, que je rêvais à vos côtés, j'appris de mon coeur qu'une belle pensée est préférable même à une belle action. Et pourtant je dois me contenter de bien mourir. Le corps est beau, mais il vaut mieux qu'il souffre que l'esprit; et m'exiler de vous ne serait-ce pas chagriner à jamais mon âme?

«Ma mort toutefois n'offensera point votre sérénité, et mon sang pâli lavera les parvis de votre demeure.»

Elle se pencha encore vers les cours intérieures. Çà et là, des pigeons y sautillaient de grains en grains. Rêveuse, elle demeura un instant à regarder les plantes, les bêtes, la vie qu'elle avait toujours dédaignée, et cette dernière seconde lui parut délicieuse.

Cependant elle couvrit son noble visage d'un long voile, puis elle apparut aux regards de la foule sur les hauts escaliers. Le flot d'abord s'entrouvrit devant elle, car sa démarche était d'une déesse, et nul ne voyait ses lèvres pâlies. Mais ses forces faillirent à son courage, elle s'évanouit sur les dalles.—Alors, comme les mâchoires d'une bête fauve, la foule se referma, et les membres de la vierge furent dispersés, tandis que, impassibles sous leurs casques et sous leurs aigles, les Barbares ricanaient de cet assassinat, éclaboussant la majesté de l'empire et le linceul du monde antique.

Au soir, tandis qu'Alexandrie ayant trahi les siècles anciens se tordait dans l'épouvante et le délire avec les cris d'une agonisante et d'une femme qui enfante, Amaryllis et Lucius recherchèrent les restes divins de la vierge du Serapis.

Ainsi mourut pour ses illusions, sous l'oeil des Barbares, par le bâton des fanatiques, la dernière des Hellènes; et seuls, une courtisane et un débauché frivole, honorèrent ses derniers instants. Mais que t'importe, ô vierge immortelle, ces défaillances passagères des hommes! ton destin mélancolique et ta piété traversèrent les siècles douloureux, et les petits-fils de ceux-là qui ricanaient à ton martyre s'agenouillent devant ton apothéose, et, rougissant de leurs pères, ils te demandent d'oublier les choses irréparables, car cette obscure inquiétude, qui jadis excita les aïeux contre ta sérénité, force aujourd'hui les plus nobles à s'enfermer dans leur tour d'ivoire, où ils interrogent avec amour ta vie et ton enseignement; et ce fut un grand bonheur, pour un des jeunes hommes de cette époque, que ces quelques jours passés à tes genoux, dans l'enthousiasme qui te baigne et qui seul eût pu rendre ces pages dignes de ton héroïque légende.

LIVRE II

A PARIS

A Henry de Verneville.

CHAPITRE QUATRIÈME

CONCORDANCE

Quelques mois avant d'être majeur, il quitta sa province pour terminer de niaises études, probablement son droit, à Paris. Il y vécut la vie des conversations interminables qui est toute l'existence d'un étudiant français un peu intelligent.

Il fréquenta habituellement:

1° Des cafés où se retrouvaient des jeunes gens ambitieux ou artistes;

2° Quelques cabinets de travail de littérateurs connus;

3° La Bibliothèque Nationale, l'École des hautes études, des concerts le dimanche, des musées.

Dans cette vie où il se dispersait, il apportait en somme assez de clairvoyance. A Paris, il ne trouva pas ces hommes d'exception qu'il imaginait et à cause desquels il s'était méprisé pendant des années. Quant à l'aimable plaisir qu'on y rencontre à chaque heurt de rue ou de conversation, il estimait qu'il en faudrait davantage pour que cela suffît.

PARIS A VINGT ANS

En ces rêves (chapitre III), l'adolescent parait de noms pompeux ses premières sensibilités. Durant trente jours et davantage, il gonfla son âme jusqu'à l'héroïsme. De sa tour d'ivoire,—comme Athéné, du Serapis —son imagination voyait la vie grouillante de fanatiques grossiers. Il s'instituait victime de mille bourreaux, pour la joie de les mépriser. Et cet enfant isolé, vaniteux et meurtri, vécut son rêve d'une telle énergie que sa souffrance égalait son orgueil.

Solitaires promenades jusqu'à l'aube dans l'ombre de Notre-Dame!

C'était une philosophie abandonnée qu'il venait là pieusement servir. Que lui importait alors une vaine architecture! Ces pierres, si ingénieux qu'il en sût l'agencement, ne paraissaient à son esprit que le manteau d'un Dieu. Sa dévotion, soulevant ce linceul qu'elle eût jugé grossier de trop admirer, frissonnait chaque soir d'y trouver l'enthousiasme.

Quartier déchu! ruelles décriées, qui ombragèrent la chrétienté d'incomparables métaphysiques! sa fièvre vous parcourait, insatiable de vos inspirations, et ses pieds à marcher sur tant de souvenirs ne sentaient plus leurs meurtrissures.

Soirées glorieuses et douces! Son cerveau gorgé de jeunesse dédaignait de préciser sa vision; ainsi son génie lui parut infini, et il s'enivrait d'être tel.

La réaction fut violente. A ces délices succéda la sécheresse. Tant de nobles aspirations anéanties lui parurent soudain convenues et froides. Et son cerveau anémié, ses nerfs surmenés s'affolèrent pour évoquer immédiatement, dans cet horizon piétiné comme un manège, quelque sentier où fleurît une ferveur nouvelle.

Il avait horreur de la monotone solitude de ses méditations, comme d'une débauche quand notre tête et les bougies vacillent au vent de l'aube. Une fraîche caresse et de distrayantes niaiseries l'eussent reposé. Mais son amie, enfoncée dans la brume finale du chapitre II, n'avait pas reparu. Aussi, las et désespéré de ne s'être plus rien de neuf, il détesta de vivre, parce qu'il ne savait pas de façon précise se construire un univers permanent.

Toute la journée, il somnolait d'un vague à l'estomac; il fumait sans plaisir et bâillait. Il visita des gens et leurs conversations poisseuses l'écoeurèrent.

Or un jour, dans une fête, au soleil sec, où Paris s'épanouissait dont le parfum enfièvre un peu et dissipe les songes pleureurs, parmi des marbres d'art, des corbeilles colorées et un tumulte poli, il la rencontra, elle, la jeune femme, jadis son amie.

De ses sourires et de ses cils elle guidait une troupe de jeunes gens charmés. Elle avait mis à sa libre allure de jeune fille le masque frivole d'une mondaine, et ennuagé son corps souple du fouillis des choses à la mode. Toujours délicieuse, il la reconnut, elle dont il ne put définir le sourire ni les yeux pleins de bonté, et qui, couronnée de fleurs, réconfortait les premières mélancolies dont il soupira,—elle dont il souffrit d'amour,—elle encore qui fut Amaryllis, parfumée et près de qui l'on se plaît à gaspiller le temps, la sensualité et la métaphysique.

Il lui sembla qu'une partie de soi-même, depuis longtemps fermée, se rouvrait en lui. De suite s'agrandit sa vision de l'univers.

Fontaine de vie, figure mystérieuse de petit animal nubile, et dont un geste, un sourire, un profil parfois mettent sur la voie d'une émotion féconde. Lueur qui nous apparaît aux heures rares d'échauffement, et qui revêt une forme harmonieuse au décor du moment, pour offrir à notre âme, chercheuse de dieux, comme un résumé intense de tous nos troubles.—Son désir à nouveau se cristallisait devant lui.

Sous les feuillages, parmi la foule qui s'écarte et admire, elle papote, capricieuse et reine, tandis que les attitudes rares, les vocalises convenues et ironiques, les gestes qui s'inclinent, tout l'appareil de son entourage, irritent notre adolescent qui envie. Mais elle le regarde avec une gravité subite, avec des yeux plus beaux que jamais. Et il aspire à dominer le monde pour mépriser tout et tous, et que son mépris soit évident.

Cependant auprès de lui, ses camarades, des buveurs de bière, discourent d'une voix assurée où sonnent à chaque phrase des mots d'argent, tandis que le garçon, balancé sur un pied et qui serre contre son coeur une serviette, approuve.—Mais pourquoi indiquerais-je les certitudes grossières qu'ils affichent sur l'amour! Leur faconde, leurs prouesses et leurs rires ne sont pas plus choquants que le fait seul qu'ils existent.

Sur son coeur un instant échauffé, du ciel las, la pluie tombe fine. Le soleil, sa joie, toute la fête se terminent.

La jeune femme serre la main de ses amis, avec un geste sec et bien gai; elle se prête gracieusement au baiser d'un personnage âgé et considérable, —à qui elle chuchote quelques mots, en désignant le jeune homme. Puis le coupé, glaces relevées, s'éloigne; et s'efface sous la pluie le cocher, rapide et dédaigneux.

Le vieillard demeure seul. Il semble l'ombre découpée sur la vie par cette voluptueuse image de jeune fille; il est l'apparence, la forme de l'âme furtive qu'elle signifie. Ses lèvres, trop mobiles et déconcertantes, sont pareilles au rire léger de cette mondaine créature; et, comme elle nous enchante par les ondulations de sa taille pliante, il nous conquiert tous par l'approbation perpétuelle de sa tête qui s'incline. C'est M. X.... M. X..., causeur divin, maître qui institua des doubles à toutes les certitudes, et dont le contact exquis amollit les plus rudes sectaires. Ses paupières sont alourdies, car sur elles repose la vierge fantaisie. Mais le jeune homme, parce qu'il aimait, sut voir les prunelles bleues du sophiste rêveur. Il l'aborda sans hésiter; il lui dit son inquiétude, qu'une bourrique pessimiste et un théoricien ne surent apaiser, ses amours anémiques, ses rêves et ses piétinements. Il le pria de lui indiquer le but de la vie, en peu de mots, dans ce décor d'une fête de Paris.

Le philosophe voulut bien sourire et le comprendre tout d'abord.

«Je pense que nous pourrons vous tirer de peine, mon ami, et vous procurer le bonheur puisque, en vos successives incertitudes, vous respectâtes la division des genres. Vous connûtes l'amour, et hier encore vous frissonniez des plus nobles enthousiasmes. De telles expériences bien conduites sont précieuses.... Vous avez sans doute vingt-un ans?»

Il sourit et se frotta les mains.

«S'il vous plaît, reprit-il, goûtons quelque absinthe. Voilà des années que je célèbre les jouissances faciles sans les connaître. A mon âge, imaginer ne suffit plus; de petits faits, de menues expériences me ravissent.»

Et battant son absinthe avec une délicieuse gaucherie, l'illustre vieillard se complut encore à quelques compliments ingénieux, tandis qu'à chaque gorgée leur soir se teintait de confiance.

«Mon jeune ami, permettez que je retouche légèrement votre univers. Il est assez du goût récent le meilleur, je voudrais seulement le préciser ça et là.

«Vos maîtres, leurs livres et leurs pensées diffuses vous firent une excellente vision, un monde d'où est absente l'idée du devoir (l'effort, le dévouement), sinon comme volupté raffinée; c'est un verger où vous n'avez qu'à vous satisfaire, ingénument, par mille gymnastiques (je vous suppose quelques rentes et de la santé).

«Et pourtant vous vous plaignez! Certes, tant du tendresse, dont vous me disiez les soupirs, n'assouvit pas votre coeur, et vos bras sont rompus pour avoir haussé dessus les barbares un rêve héroïque. Mais quoi! faut-il, à cause de ces lendemains désabusés, que votre coeur méfiant oublie des instants délicieux? Une femme ne fit-elle pas votre poitrine pleine de charmes? Le spectacle de la vertu piétinée par la plèbe ne vous a-t-il pas monté jusqu'à l'enthousiasme?—Siècle lourdaud! Logique détestable! Ils disent: «Ni la femme, ni la vertu, que nous engendrons dans la joie, n'ont de lendemain.» Qu'importe! Une âme vraiment amoureuse ou héroïque bondit à de nouvelles entreprises. C'est à vous-même qu'il faut vous attacher et non aux imparfaites images de votre âme: femmes, vertus, sciences, que vous projetez sur le monde.

«Les petits enfants, entre deux travaux de leur âge, jouent au voleur; ils goûtent avec intensité les plaisirs de l'astuce, de l'indépendance et du péché, entre quatre murs, de telle à telle heure. Ainsi faites, et créez-vous mille univers. Que votre pensée vous soit une atmosphère aimable et changeant à l'infini. Lord Beaconsfield, qu'il nous faut honorer, écrit: «S'il chercha un refuge dans le suicide, ce fut, comme tant d'autres, parce qu'il n'avait pas assez d'imagination.» Sûtes-vous jouer de l'amour; en tresser des guirlandes à votre vie et à votre rêve? Je vous vis à l'écart, froissé....»

Le jeune homme frissonna sous ce dernier contact trop intime, et le vieillard qui s'en aperçut fit obliquer son discours:

«Hélas! je négligeai moi-même les mimiques d'amour. Je serai plus compétent à vous décrire un autre synonyme du bonheur, c'est la recherche de la notoriété que je veux dire: réputation, gloire, toute publicité suivie d'avantages flatteurs. Des hommes mûrs, et des jeunes même, s'y complurent, que l'amour n'avait su retenir. Sans doute, à tendre la main derrière ces instants aimables que je veux vous indiquer, vous ne trouverez rien de plus qu'après le baiser de votre amie ou l'enivrement de votre vertu, mais, pour créer cette troisième illusion, les méthodes sont très amusantes.

«Jeune, infiniment sensible et parfois peut-être humilié, vous êtes prêt pour l'ambition. Permettez que je vous trace un itinéraire sûr, que je vous signale les tournants pittoresques, que je vous tende la gourde et le manteau, à cause des désillusions et du soir où, lassé, on bâille dans l'auberge solitaire.—Donc qu'un garçon me verse et l'absinthe et la gomme, puis parlons librement et sans crainte de commettre des solécismes, comme faisaient jadis deux cuistres, discutant de la grammaire en cabinet particulier.

«Et d'abord instituez-vous une spécialité et un but.

«Si votre esprit timide ne sait pas, dès sa majorité, embrasser toute une carrière, qu'il jalonne du moins l'avenir, comme le sage coupe sa vie de légers repas, d'épaisses fumeries et de nocturnes abandons où l'amitié, l'amour et soi-même lui sourient. C'est d'étape en étape que votre jeune audace s'enhardira.

«Dénombrez avec scrupule vos forces: votre santé, votre extérieur, vos relations. Craignez de vous dissimuler vos tares: votre sécheresse rarement surchauffée, vos flâneries et cette délicatesse qui pourra vous nuire.

«Ayant dressé ce que vous êtes et ce qu'il vous faut devenir, vous posséderez la formule précise de votre conduite. A la rectifier, chaque jour consacrez quelques minutes, dans votre voiture si lente et qui vous énerve, dans l'embrasure des fenêtres mondaines, tandis que passent les valseurs.

«Mais gardez de laisser cet agenda sur l'oreiller d'une amie qui s'étonne et admire, ou dans le verre d'un camarade qui s'écrie: «Moi aussi....»

«Que désormais chacun *découvre* , et à votre attitude seule, combien vous êtes né pour ce but même que secrètement vous vous fixez. Vos fréquentations, la coupe de vos vêtements contribueront à créer l'opinion. Soignez vos manies, vos partis pris et vos ridicules; c'est l'appareil où se trahit un spécialiste. De là sera déduit votre caractère. Je glisse sur le détail, mais que d'exemples, instructifs et charmants, à tirer de la vie parisienne: si cela n'était impudent.

«Votre attitude composée, reste, pour réaliser votre formule, à vous faire aider.

«Par qui?

«Les jeunes gens vous choqueront, car personnels et bruyants. Comment d'ailleurs les trier? parmi eux des enfants dominateurs pétaradent et disparaîtront bientôt. Puis vos intérêts et les leurs, identiques, se contrecarrent. Voyez-les le moins possible, et surtout écartez toute familiarité.

«Des personnes âgées vous seront une meilleure ressource: du premier jour leur amitié vous recommandera. La suite ne vous vaudra rien de plus, sinon des besognes peut-être et gratuites. Comment, retirés sur les sommets de la vie, aideraient-ils à ces petites combinaisons dont ils sourient? ils ont oublié leurs efforts!—Plus qu'aucun toutefois, leur commerce vous donnera de l'agrément. La vie, si bouffonne, enseigne ces hautes intelligences à jouir de la notoriété avec ce détachement que je vous prêche dès votre départ. Enfin, ayant un noble esprit, ils y joignent le plus souvent des moeurs douces. Mais le vieillard, songez-y, très égoïste, ne veut pas qu'on se relâche.

«L'excellente société pour vos projets, c'est vos aînés immédiats; j'entends qu'ils ont trente à trente-cinq ans et vous vingt-trois. Pour activer leur succès ils tiennent entre les mains beaucoup de fils; ils ont un pied encore dans les chemins où vous entrez, ils s'inquiètent de qui les talonne, ils cherchent qui les appuie. Ils sont encore flattés d'obliger.

«Pour user des personnes âgées et de ceux-ci, faites-vous agréable, plaisez. Gardez de prétendre à quelque supériorité; le mérite ne suffit pas à conquérir les plus honnêtes. Ayez souci d'approuver et non qu'on vous applaudisse. Il est humiliant de flatter, mais dans l'âme la plus vulgaire vous trouverez, je vous assure, quelque mérite réel à mettre en relief. Quête amusante, d'ailleurs, où il ne faut qu'un peu d'ingéniosité. Tenez encore pour certain que vos affaires ne poignent pas plus les autres que les leurs ne vous font, et que, si vous bornez votre rôle à écouter chacun en tête à tête et à le révéler à soi-même, on vous goûtera infiniment.

«A la faveur de cette inclination (et non plus tôt, car celui qui prétend nous obliger dès le premier jour souvent nous blesse et toujours se déprécie), apparaissez utile. A aider autrui, bien que le tarif des voitures soit assez élevé à Paris, nul jamais ne se nuit. Pour la jalousie, étouffez-la minutieusement en vous, parce qu'elle torture et qu'elle naît de cette conviction, bonne pour des niais ou des indigents, qu'il est au monde quelque chose d'important.

«J'ajouterai et j'y appuie; Ne t'arrête jamais à mi-chemin dans ce jeu d'ambition. Réalise ou parais réaliser ta formule entière; acquiers toute la gloire que tu t'es ouvertement proposée. Ceci est une nécessité: il ne s'agit plus seulement de te réjouir, en un coin de toi-même, de tes contenances savantes; il s'agit d'être ou de ne pas être battu quand tu seras vieux.

«Pour moi, jeune homme,—il vida son verre et prit sa voix grave,—à cause qu'étant jeune j'eus des besoins d'expansion sur l'exégèse et la morale, je me vis contraint de pousser jusqu'à cette notoriété considérable où l'on m'honore. Je ne songeais guère à rire. J'avais dès mon départ avoué des buts trop hauts. Il me fallut y atteindre ou qu'on me bâtonnât. Aujourd'hui, ayant satisfait à ma formule, je salue et j'aime qui je veux, je souris et je m'attriste à mon plaisir; tout le monde, et même des personnes convenables, raffolent de mes petits mouvements de tête, de mon grand mouchoir et des ironies, où j'excelle. Je dîne tous les soirs en ville avec des dames décolletées, un peu grasses comme je les préfère, qui m'entreprennent sur la divinité, et avec des messieurs qui rient tout le temps par politesse. Voilà quelle belle chose est la notoriété! Ah, jeune homme! soyons optimistes!»

Le vénérable M. X... se prit à rire un peu lourdement, puis se leva et sur le talon, malgré sa corpulence, pirouetta: ce fut presque une gambade. Ensuite, excusez-moi, il porta les mains à son coeur, en ouvrant brusquement la bouche, comme un homme incommodé qui va vomir. D'un trait pourtant il vida son verre. Et, après un silence:

«Oui, reprit-il, c'est le paradis, cette nouvelle vision de la vie: les hommes convaincus qu'on se crée ses désirs, ses incertitudes et son horizon, et acquérant chaque jour un doigté plus exquis à vouloir des choses plus harmonieuses.—Hélas! il y aura toujours la maladie.—Oh! je suis bien souffrant (et il appuyait son front dans sa main, son coude sur la table). C'est toujours l'extériorité qui nous oppresse. Mais vivons en dedans. Soyons idéalistes.... (Il s'essuyait le visage.) A l'alcool qui n'est décidément qu'une vertu vulgaire, préférez la gloire, jeune homme.... (Il s'éventait avec le *Figaro* .) Elle te permettra tout au moins, sur le tard, de donner des conseils, de te raconter, d'être affectueux et simple, car le grand idéaliste se plaît à tresser chaque soir une parure de héros pour sa patrie. —Mais buvons à ceux qui nous succéderont et qui, soit dit sans te rabaisser, produiront des problèmes d'une complexité autrement coquette que tes mélancolies, s'ils ajoutent au vieux fonds de la nature humaine la curiosité et la science de tous ces jeux que nous entrevoyons.» (Et le vieillard un peu chancelant se leva.)

Mais j'abrège ce pénible incident. Le jeune homme, naïf, inculte ou piqué? ne sut comprendre l'agrément de cette philosophie, et poussé, je suppose, par un respect, peut-être héréditaire, pour l'impératif catégorique, il passa tout d'un trait les bornes mêmes du pyrrhonisme qu'on lui enseignait: jusqu'à soudain administrer à ce vieillard compliqué une volée de coups de canne. Celui-ci s'affligea bruyamment, mais lui triomphait disant: «Eh bien! grattez l'ironiste, vous trouvez l'élégiaque.» Même il eût répliqué par les choses de la morale et de la métaphysique aux arguments de M. X... si les garçons et le maître d'hôtel ne les avaient poussés dehors.

Et le peuple ricanait.

De ce jardin, véritable printemps de Paris, élégant et sec et plein de malaise, le jeune homme sortit fort énervé. Il élevait jusqu'à la haine de tout son mécontentement intime. Ardeur étrange et dont je le blâme, il eût volontiers consenti à la dynamite, car sa confiance dans ce qu'il désirait s'écroulait, et au même instant il revoyait toutes les déceptions et humiliations déjà amassées.

Après s'être ainsi meurtri, s'inquiétant d'avoir battu le glorieux vieillard qui fait partout autorité, il cherchait une justification raisonnable à cet excès injurieux de sensibilité. Et il disait:

«Si la gloire (académie, tribune française, notoriété, Panama) n'est que cette combinaison qu'il m'indiqua, pourquoi la respecterais-je?

«S'il mentait, je fis bien de le châtier, car il salissait un des premiers mobiles de la vertu humaine.

«Enfin s'il n'était qu'ivre, joueur de flûte ou corybante, je ne l'endommageai guère, car les os de l'ivrogne sont élastiques, nous enseigne la science, qui est une belle chose aussi.»

C'est ainsi que, tout à la fois trop grossier et trop sensible, il s'éloigna de cette prairie, la plus riante qu'ouvre ce siècle aux viveurs délicats.—En vain crut-il entendre la jeune fille qui soupirait derrière lui, c'était la plainte des lampes électriques se dévorant dans le soir, entre Paris et les étoiles.

CHAPITRE CINQUIÈME

CONCORDANCE

Quand saint Georges a sauvé la vierge de Beryte et qu'il est près de l'épouser, Carpaccio a bien soin de la faire plus belle que dans les tableaux précédents.—Tout au contraire, la sentimentale, dont nous peignons les aventures, devient décidément peu séduisante dans ce chapitre et sous ce ciel de Paris, où il semble qu'elle eût pu s'accorder pleinement avec Lui.

Aussi Carpaccio, nous disent les historiens, fut pleuré de ses concitoyens, et il jouit dans le ciel de la béatitude éternelle.—Mais ici Lui s'agite; et le désaccord s'accentue entre ses goûts mal définis et les conditions de la vie.

L'imperfection des plus distingués, la niaiserie de quelques notoires, le tapage d'un grand nombre lui donnaient l'horreur de tous les spécialistes et la conviction que, s'il faut parfois se résigner à paraître fonctionnaire, commerçant, soldat, artiste ou savant, il convient de n'oublier jamais que ce sont là de tristes infirmités, et que seules deux choses importent: 1° se développer soi-même pour soi-même; 2° être bien élevé. Principes auxquels il prêtait une excessive importance.

DANDYSME

Et sa poitrine atténuée ne m'est

plus qu'une poitrine maigre.

Son cigare rougeoya soudain avec ce petit crépitement dont le souvenir désespère le dyspeptique à jamais privé de tabac; une fumée se fondit vers le ciel: la couronne blanc cendré apparut.

Il espérait dans son fauteuil être tranquille et ne penser à rien, seulement, avant son troisième cigare, se distraire à feuilleter l'*Indicateur Chaix*.

—Ah! dit-il en rougissant un peu de dépit.

Elle s'était posée sur le bras d'un fauteuil, et, sans ôter son chapeau, déjà développait ce thème: J'ai des ennuis d'argent.

Il fut excessivement choqué de l'impudeur de ce propos; puis, résigné à revenir encore sur le passé, il parla, naturellement avec mélancolie:

—Votre parole, modeste jadis, m'était douce, madame; vous êtes née le même jour que moi; vous me permettiez de regarder dans votre coeur, comme au miroir qui conseillait ma vie. Nous étions deux enfants amis.... Faut-il qu'aujourd'hui tes besoins vulgaires m'attristent?...

Mais elle l'interrompit, lui passant lestement sa main sur la figure....

—Des phrases pareilles, mon ami, sont encore le vocabulaire de l'amour sentimental; ce n'est pas ce bonheur-là que je sollicite aujourd'hui. Mon épicier, mon tailleur, mon cocher et tous fournisseurs ne me veulent parler que d'argent. C'est un vilain mot et seul tu saurais l'ennoblir.

Avec cette grâce dégagée qui subjuguait les coeurs, elle lui tendit du papier timbré. Il le refusa gravement.

Elle eut un mouvement de violente impatience.

—L'argent! dit-elle. Que ce mot déchire enfin le voile usé de ton univers. Par l'argent, imagines-tu combien je serais belle? Lui seul peut me parer de la suprême élégance, de cette bienveillance qui sied aux jeunes femmes, de ces sourires hospitaliers, de cet art délicat qui est de flatter presque sincèrement, de tous ces charmes enfin qui flottent impalpables dans tes désirs. Ils sont en toi qui aspirent à être, qui te troublent, et que tu ignores. Combien d'images tremblantes sous tes soupirs, dont le sens se dérobera toujours à ta jeunesse, isolée dans son altière indigence, si la fortune ne me permet de les consolider!... De l'argent! Et ces bonheurs obscurs et magnifiques, je les déroulerai nettement sur ton horizon, comme si mon doigt, posé sur ta sensibilité, en avait trouvé le secret. C'est alors qu'intimidé par le cortège de ma beauté, dominé par ma séduction hautaine et qui pose le désir dans la prunelle de tous, tu ne te lasseras point de chercher ma bouche.

Elle remuait de menues anecdotes pour lui prouver quelle importance lui-même, dans sa médiocrité, il prêtait à la fortune. Elle disait:

—Celui-ci te manqua gravement; tu le sus petit, jaunâtre et qu'il mangeait au Bouillon Duval; dès lors ton mécontentement se dissipa.—Une belle fille, qu'un soir tu allais aimer, t'inspira de la répulsion, quand tu compris que réellement sa bouche avait faim.—Tu supportes, ton âme en frissonne, mais tu supportes (même ne les recherches-tu pas?) les rudes familiarités d'un homme gras, bruyant et vulgaire, parce que considérable et secrétaire d'État.

Il n'aimait guère qu'on brusquât les convenances. Il rougit qu'elle lui jetât des opinions personnelles aussi crues. Mais, selon sa coutume, agrandissant son déplaisir par des considérations philosophiques, il répondit avec gravité:

—Cela me choque beaucoup, mon amie, que tu aies des certitudes. Je n'approuve ni ne blâme l'indépendance de tes observations; je regrette simplement que tu troubles mon hygiène spirituelle, car la mathématique des banquiers m'importune.

Elle, alors, s'émouvant et d'une douleur contagieuse:

—Je vois bien que tu ne veux plus m'aimer sous aucune forme, et pourtant, petite fille, je te consolais à l'aurore de ta vie, au fossé de ton premier chagrin. Te souviens-tu qu'ensuite je te fis presque aimer l'amour? C'est encore sous mon reflet que tu dévidas les sentiments choisis, quand tu me nommais Athéné ou Amaryllis, à cause de tes lectures!

—Ah!—dit-il en frissonnant, ramené par cette douceur à une vision de l'univers plus banale et coutumière,—je ne suis qu'un attaché de seconde classe aux Affaires étrangères, et les restaurants sont fort dispendieux.... Ainsi, je dois aimer le beau et tous les dieux, sans chercher à les placer dans la poitrine fraîche des femmes.

—Mais sais-tu ce que tu négliges?

Il craignit qu'elle ne recommençât la scène du chapitre II, et qu'elle se dévêtit. Elle ouvrit simplement la fenêtre tout au large:

De ce cinquième d'un numéro impair du boulevard Haussmann s'étendaient à l'infini les vagues de Paris, sombres, où sont enfouis les tapis de jeux éclatants, tachés d'or;—les nappes, les bougies, les fruits énormes et délicats, dans les restaurants où l'on rit avec le malaise de désirer;—les abandons, où la femme est jeune, dans les hôtels de tapisserie, de soie et silencieux;—les immenses bibliothèques, où s'alignent à perte de vue ces choses, si belles et qui font trembler de joie, cinq cent mille volumes bien catalogués;—les musiques qui nous modèlent l'âme et nous font le plaisir de tout sentir, depuis les héroïsmes jusqu'aux émotions les plus viles, tandis qu'immobiles nous sommes convenables dans notre cravate blanche;—les salons tièdes et fleuris, où, à cinq heures, nous causons finement avec trois dames et un monsieur, qui sourient et se regardent et nous admirent, tandis qu'avec aisance nous buvons une tasse de thé, et que, sans crainte, nous allongeons la jambe, ayant des chaussettes de soie très soignées;—puis des rues plates et solitaires et sèches, où des voitures rapides nous emportent vers des affaires, dont il est amusant de débrouiller, avec une petite fièvre, la complexité.

Rumeur troublante sous ce ciel profond! vie facile! Là enfin, il se dessaisirait de s'épier sans trêve; et toutefois, fréquentant mille sociétés différentes, il ne connaîtrait personne en quelque sorte; il serait pour tous également aimable, et aucun ne le meurtrirait.

Son coeur se gonflait d'envie et d'une enivrante mélancolie, mais soudain il songea qu'il pensait à peu près comme les jeunes gens de brasserie et autres Rastignacs. Et un flot d'âcreté le pénétra. «Désormais, dit-il, je ne prendrai plus en grâce les prières, les sourires et autres lieux communs. Je n'y trouvai jamais que des visions vulgaires.»

Et (toujours accoudé devant Paris) sa pensée se mit à courir sans relâche hors de cette immense plaine où campent les Barbares.

Alors il se trouva penché sur son propre univers, et il vaguait parmi ses pensées indécises. Il se rappelait qu'à la petite fenêtre d'Ostie qui donnait sur le jardin et sur les vagues (ce fut une des heures les plus touchantes de l'esprit humain que ce soir de la triste plage italienne), Augustin et Monique, sa mère, qui mourut des fièvres cinq jours après, s'entretinrent de ce que sera la vie bienheureuse, la vie que l'oeil n'a point vue, que l'oreille n'a pas entendue, et que le coeur de l'homme ne conçoit pas. Avec une intensité aiguë, il entrevit qu'il n'avait, lui, rien à chercher, et que, seul, le vide de sa pensée, sans trêve lui battait dans la tête.

—Mais, lui dit-elle, réapparaissant comme une idée obsédante qui traverse nos méditations, ne t'ai-je pas envoyé M. X...? Ses opinions sont la formule exacte de ce que conseille mon sourire obscur; il est le dictionnaire du langage que tiennent mes gestes à l'univers. Puisque tu naquis ailleurs, il devait te préparer à ma venue, le commenter le nouveau rêve de la vie, qui, par moi, doit naître en toi.

Le jeune homme, la fenêtre fermée, s'assit, baissa un peu l'abat-jour car la lumière blessait ses yeux, puis il s'expliqua posément.

—Veuillez, madame, m'écouter. M. X..., dont je ne conteste ni les séductions, ni la logique délicieuse, m'installait dans un univers à l'usage des fils de banquiers. Il bornait mon horizon à ces apparences que, pour la facilité des relations mondaines ou commerciales, tous les Parisiens admettent, et dont les journaux à quinze centimes nous tracent chaque matin la géographie.

Cette conception de l'existence, qui n'est en somme que l'hypothèse la plus répandue, c'est-à-dire la plus accessible à toutes les intelligences, il me condamnait à la tenir pour la règle certaine et m'engageait à n'y pas croire à part moi. «Limite exactement ton âme à des idées, des sentiments, des espoirs fixés par le suffrage universel, me disait-il, mais quand tu es seul ne te prive pas d'en rire.»

Puis dans ce monde ainsi réglé il me chercha un but de vie. Comme il avait surpris, parmi tant de susceptibilités qui s'inquiètent en moi, un désir d'être différent et indépendant, il me proposa la domination. Grossière psychologie!

J'eus tort de m'emporter. Ce rôle qu'il me proposait, si déplaisant, était du moins composé par un homme de goût. Plus apaisé, je reconnais qu'avec de bien légères retouches le palais qu'il offrait à mes rêves me paraîtrait assez coquet,—si l'horizon, hélas! n'en était irrémédiablement vulgaire.

«La gloire ou notoriété flatteuse est uniquement, me disait-il, une certaine opinion que les autres prennent de nous, sous prétexte que nous sommes riches, artistes, vertueux, savants, etc.»—Pour moi, j'entrevois la possibilité de modifier la cote des valeurs humaines et d'exalter par-dessus toutes un pouvoir sans nom, vraiment fait de rien du tout. Ainsi la gloire toute rajeunie deviendrait peu fatigante.

C'est une rude chose, en effet, que de se faire tenir pour spécialiste, à la mode d'aujourd'hui! Le soir, devisant avec un ami sur le mail en province, ou s'exaltant vers minuit dans la tabagie solitaire de Montmartre, la complexité des intrigues, les étapes d'où l'on voit chaque semaine le chemin parcouru s'allonger, les journées décisives, les victoires, les échecs même, tout cela paraît gai, ennobli de fièvre et d'imprévu; mais, en fait, il faut dîner avec des imbéciles; on prend des rendez-vous par milliers pour ne rien dire; on entretient ses relations! On épie toujours le facteur; on s'amasse un passé écoeurant, et le présent ne change jamais. Et je t'en parle sciemment; pendant trois mois j'ai connu l'ambition, j'ai demandé des lettres pour celui-ci et pour celle-là, et l'on me vit, qui méditais dans des antichambres les romans de Balzac avec la vie de Napoléon.

O gloire! voilà les épreuves par où l'on t'approche, maintenant que tu ne t'abandonnes qu'au vainqueur heureux t'apportant fortune, science ou quelque talent! Quel repos n'aurai-je pas donné à tes amants, si je leur enseigne à te conquérir *avec rien du tout!*

RECETTE POUR SE FAIRE AVEC RIEN DE LA NOTORIÉTÉ

Il vous faut d'abord une opinion pleinement avantageuse de vous-même:

Prenez donc une idée exacte; joignez-y un relevé des qualités qu'il leur faut, plus la liste des adresses où l'on se procure ces qualités, avec le temps et l'argent qu'elles coûtent; agitez le tout avec vos pensées, vos sentiments familiers; laissez reposer,—votre opinion est faite.

N'y touchez pas. Elle vous pénètre lentement, elle dépose dans votre âme la conviction qu'il n'est rien de merveilleux dans les plus belles réussites du monde, et qu'ainsi vous atteindriez où il vous plairait. Dès lors les hommes vous paraissent des agités, qui tâtonnent dans une obscurité où tout vous est net et lumineux.

Peu à peu cette fatuité intime exsude; elle adoucit et transforme vos attitudes; comme une vapeur, elle vous baigne d'une atmosphère spéciale; cette confiance superbe que vous respirez subjugue, dès l'abord, les timides et les incertains. Les forts se cabrent, puis affectent de vous ignorer, puis vous contestent; mais des enterrements les font monter au grade qui vous élèvent aussi, vous, objet de leurs soucis. Pour mieux accabler leurs émules qui les pressent, ils imaginent de vous attirer; ils respectent, admettent, consacrent enfin votre fatuité. Vous pensez bien que la foule les suit.

Alors si vous avez évité avec soin d'exceller en quoi que ce soit, d'être raffiné de parure et de savoir-vivre, ou simplement d'être à la mode, si l'on ne peut vous déclarer un Brummel, un don Juan, un viveur, non plus qu'un Rothschild, un Lesseps ou un Pasteur, votre supériorité demeure incomparable, puisque, faite de rien, elle n'est limitée par aucune définition.

Et vraiment, madame, j'admire assez ce plan de vie, où m'eût conduit M. X... pour regretter de ne pouvoir m'y plaire.

Mais je suis tout ensemble un maître de danse et sa première danseuse. Ce pas du dandysme intellectuel, si piquant par l'extrême simplicité des moyens, ne saurait satisfaire pleinement une double vie d'action et de pensée.

Tandis qu'applaudirait le public, moi qui bats la mesure et moi la ballerine, n'aurais-je pas honte du signe misérable que j'écrirais? C'est trop peu de borner son orgueil à l'approbation d'une plèbe. Laisse ces Barbares participer les uns des autres.

Qu'on le classe vulgaire ou d'élite, chacun, hors moi, n'est que barbare. A vouloir me comprendre, les plus subtils et bienveillants ne peuvent que tâtonner, dénaturer, ricaner, s'attrister, me déformer enfin, comme de grossiers dévastateurs, auprès de la tendresse, des restrictions, de la souplesse, de l'amour enfin que je prodigue à cultiver les délicates nuances de mon Moi. Et c'est à ces Barbares que je céderais le soin de me créer chaque matin, puisque je dépendrais de leur opinion quotidienne! Petit philosophe, s'il imagine que cette risible vie m'allait séduire!

Mon esprit, qui ne s'émeut que pour bannir les visions fausses, se retrouve, après ces beaux raisonnements stériles, en face du vide. J'ai du moins gagné une lumière sur moi-même; j'ai compris que rien n'est plus risible que la forme de ma sensibilité, c'est-à-dire les dialogues où, toi et moi, nous nous dépensons. Respectons dorénavant les adjectifs de la majorité. Nous allions, dans un tel appareil et sur un rhythme si touchant, qu'avec les âmes les plus neuves nous paraissions les pastiches des bonshommes de jadis. Descends de ta pendule pour voir l'heure!

Ma bien-aimée, jamais je n'oserai relire les quatre chapitres précédents; c'est le plus net résultat de l'éducation de Paris. J'ignore quel univers me bâtir, mais je rougis de mon passé mélancolique.—Et voilà pourquoi, madame, je désire que vous cessiez d'exister, et je retire de dessous vous mon désir, qui vous soutenait sur le néant.

Ces paroles judicieuses où vibrait une nuance amère, nouvelle en lui, n'étaient qu'un jargon pédant pour une créature aussi dénuée de métaphysique que cette amoureuse. Elle y trouva le temps de reprendre empire sur soi-même; elle se souvint des convenances. Quand il parlait de dandysme et de s'imposer à la mode, elle approuvait avec un sérieux exagéré et de petits coups d'oeil sur les grands murs nus; quand il conclut sur le néant de ses recherches, elle trouva un sourire mélancolique comme une page de *l'Eau de Jouvence* .

Puis, quels que fussent ses sentiments intérieurs, avec une audace merveilleuse, elle fut gaie et agaçante jusqu'à dire, soudain transformée:

—Si tu veux, j'ai vingt-trois ans et j'habite le quartier de l'Europe, je te verrai deux fois par semaine.

Il marchait dans la chambre à grands pas, irrésolu, les deux mains enfoncées dans son large pantalon. Avec un joli sourire, un peu embarrassé, presque timide, il répondit.

—Oui, je ne dis pas que nous ne nous verrons plus. Envoie-moi ton adresse. Mais faut-il y penser à l'avance, et précisément à l'heure de la journée où je suis le plus capable d'atteindre à l'enthousiasme et par suite à la vérité?

La jeune femme se leva; elle estimait que la scène devenait un peu excessive et sa nouvelle nature sentait le petit froid du ridicule. Elle lui rendit son léger sourire de moquerie ou de simplicité pour qu'il l'embrassât.

Mais lui, avec rapidité, comprenant la situation et qu'il n'avait plus le droit d'être de Genève: «Sans doute, dit-il, ce que nous faisons est assez particulier; mais serait-ce la peine d'avoir lu tant de volumes à 7,50 pour aimer comme tout le monde?»

CHAPITRE SIXIÈME

CONCORDANCE

C'est une souffrance, après que par la pensée on a embrassé tous les degrés du développement humain, de commencer soi-même la vie par les plus bas échelons.

Pendant six mois il fut à son affaire. Il prit des apéritifs avec des publicistes, même il s'exerça sur trois jeunes gens à manier les hommes. C'est pourquoi des personnes bienveillantes disaient au moment du cigare: «Hé, voilà que ce jeune homme se fait sa place au soleil.» Ce que ton nomme encore: il se pousse.

Et quoiqu'il n'eût qu'à se louer de tout le monde et de soi-même, son horreur pour ces contacts était chaque jour plus nerveuse. Peut-être aussi se surchargeait-il, étant attaché aux Affaires étrangères, secrétaire d'un sous-secrétaire d'État, avec d'autres broutilles.

EXTASE

Qu'on me rende mon moi!

MICHELET.

A cette époque, pour quelque besogne, une enquête sans doute, il fut à Bicêtre. Et dans la verdure d'un parc immense, par une belle matinée de soleil, il vit les fous joyeux et affairés, qu'un professeur, vieux maître décoré, et des jeunes gens sérieux et simples interrogeaient discrètement et toujours approuvaient.

Le jeune homme était las: fatigué de cette course matinale et humilié de sa besogne prétentieuse. Ce palais de plein air, cette imprévue hospitalité où, dans un cadre parfait, dans une exquise régularité de confort, ces hommes, *si différents* cependant, suivaient leur rêve et se construisaient des univers, l'émurent. Il les voyait, ces idéalistes, se promener en liberté, à l'écart, fronts sérieux, mains derrière le dos, s'arrêtant parfois pour saisir une impression. Nul ne raillait leur stérile activité, nul ne les faisait rougir; leurs âmes vagabondaient, et vêtus de vêtements amples, ils laissaient aller leurs gestes.

Isolé dans ce délicieux séjour, tandis que personne ne daignait s'intéresser à lui, sinon d'un oeil interrogateur et dédaigneux, il fit un retour sur lui-même, poussiéreux, incertain du lendemain, hâtif et n'ayant pas trouvé son atmosphère....

De ces nobles préaux où une sage hygiène prend soin de ces rêveurs, il sortit bras ballants, éreinté par le soleil de midi, sans voiture, sans restaurants voisins, convaincu des difficultés inouïes qu'on rencontre à vivre au plus épais des hommes.

Tout le jour, dans les intervalles de sa misérable besogne, il revit la douce image de ces jeunes gens de Platon se promenant, se reposant, se réjouissant soudain à cause d'un geste obscur qui se lève en leur âme, et toujours penchés sur le nuage qu'a soulevé en eux quelque grande idée tombée de Dieu.

Que dites-vous? qu'il avait mal vu? N'importe! C'est cette vision, inexacte peut-être, qu'il s'attriste de ne pouvoir vivre. Sous les feuillages un peu bruissants, se coucher, rêver, ne pas prévoir, ne plus connaître personne, et cependant que soit machiné avec précision le décor de la vie: manger, dormir, avoir chaud et regarder sous des arbres des eaux courantes.

Au soir, nourriture et besogne accomplies, le long des rues poussiéreuses où le jour trop sali devient noir, parmi la foule gesticulante et qui cagne, vers son appartement quelconque il serpenta.

Sur les horribles boulevards, comme il flairait, pour leur échapper, les bruyants et les ressasseurs, il aperçut, pareille à sa marche, la fuite grêle d'un avec qui volontiers, des nuits entières, il avait théorisé. Celui-là tient toute affirmation pour le propre des pédants et n'en use que pour des effets de pittoresque. Il est incapable de convenu et, quand il est soi, ne trouve jamais ridicules les choses sincères.

Il l'abordait d'un premier élan, plein d'une délectation fébrile à l'idée que, dans un coin, tout bas, l'un et l'autre, ils allaient longuement et pour rien:

1.—Insulter la société, les hommes et surtout les idées.

2.—Se rouler soi-même et leur sotte existence dans la boue.

Pourquoi celui-ci lui dit-il, avec une chaleur feinte et un air pressé, d'une voix humble où vibrait une nuance amère: «Ah! vous voilà un grand homme, maintenant ... mais si ... mais si ...» Et le ton de cette phrase était difficile à rendre. Pourquoi celui-ci se tournait-il contre lui? Pourquoi ne pouvaient-ils plus s'entendre? Il n'eut pas la force de paraître indifférent. Mais il s'abandonnait, car son coeur, et jusque la salive de sa bouche étaient malades, son avenir dégoûtant et son passé plein d'humiliation.

Harassé, affaibli de sueurs, il monte l'escalier presque en courant. Il ferme les persiennes, allume sa lampe et rapidement jette dans un coin ses vêtements pour enfiler un large pantalon, un veston de velours, puis rentré dans son cabinet, dans son fauteuil, dans l'atmosphère familière:

—Enfin, dit-il, je vais m'embêter à mon saoûl, tranquillement.

Un petit rire nerveux de soulagement le secoue, tant il avait besoin de cette solitude. Il se renverse, il cache son visage dans ses mains. Deux, trois fois, et sans qu'il s'entende, la même interjection lui échappe. Il a dans sa gorge l'étranglement des sanglots. Il n'ose même pas regarder sa situation et l'avenir. Il s'abandonne à ses imaginations,—et toutes idées l'envahissent.

Et d'abord le désir, le besoin presque maladif d'oublier les gens, ceux surtout qui sont quelque part des chefs et qui se barricadent de dédain ou de protection.

J'oublierai aussi les événements, haïssables parce qu'ils limitent (et cependant si j'étais bon et simple, avec l'énergie un peu grossière des héros, je pourrais remonter cette tourbe des conseils, des exemples, des prudences et toutes ces mesquineries où je dérive).

Je veux échapper encore à tous ces livres, à tous ces problèmes, à toutes ces solutions. Toute chose précise et définie, que ce soit une question ou une réponse, la première étape ou la limite de la connaissance, se réduit en dernière analyse à quelque dérisoire banalité. Ces chefs-d'oeuvre tant vantés, comme aussi l'immense délayage des papiers nouveaux, ne laissent, après qu'on les a pressés mot par mot, que de maigres affirmations juxtaposées, cent fois discutées, insipides et sèches. Je n'y trouvai jamais qu'un prétexte à m'échauffer; quelques-uns marquent l'instant où telle image s'éveilla en moi. Anecdotes rétrécies, tableaux fragmentaires d'après lesquels je crois plier mon émotion, moi qui suis le principe et l'universalité des choses.

Quelque filet d'idées que je veuille remonter, fatalement je reviens à moi-même. Je suis la source. Ils tiennent de moi qui les lis, tous ces livres, leur philosophie, leur drame, leur rire, l'exactitude même de leurs nomenclatures. Simples casiers où je classe grossièrement les notions que j'ai sur moi-même! Leurs titres admis de tous servent d'étiquettes sottement précises à diverses parties de mon appétit. Nous disons Hamlet, Valmont, Adolphe, Dominique, et cela facilite la conversation. Ainsi en pleine pâte, à l'emporte-pièce, on découpe des étoiles, les signes du zodiaque et cent petites images de l'univers, délicieuses pour le potage et qui facilitent aux enfants la cosmographie; mais tout ce firmament dans une assiette éclaire-t-il le ciel inconnaissable et qui nous trouble?

Il alluma un cigare énorme, noir et sableux. Et il contemplait les associations d'idées qui s'amassaient des lointains de sa mémoire pour lui bâtir son univers.

... Déjà les murs avec leur tapisserie de livres secs, jaunes, verts, souillés, trop connu, ont disparu. Plus rien qu'une masse profonde de pensées qui baignent son âme, aussi réelles, quoique insaisissables, que le parfum répandu dans tout notre être par le souvenir d'une femme et que nous ne saurions préciser. Des bouffées d'imagination indéfinies et puissantes le remplissent: désirs d'idées, appétits de savoir, émotions de comprendre; il est ivre comme de la pleine fumée presque pâteuse de son cigare. Il halète de tout embrasser, s'assimiler, harmoniser. Son mécanisme de tête puissamment échauffé ne s'arrête pas à se renseigner, à déduire, à distinguer, à rapprocher; son regard n'est tendu vers rien de relatif, de singulier,—c'est toute besogne de fabricant de dictionnaire. Il aspire à l'absolu. Il se sent devenir l'idée de l'idée; ainsi dans le monde sentimental le moment suprême est l'amour de l'amour: aimer sans objet, aimer à aimer.

Cependant une fois encore, dans cette atmosphère de son Moi, là-bas sur l'horizon de cet univers volontaire qui n'est que son âme déroulée à l'infini, il devine la jeune femme ou plutôt le lieu où jadis elle lui apparut; —parfois dans un éclair de recueillement nous retrouvons les longs chagrins qui nous faisaient pleurer. Jadis c'était une acuité profonde; tout l'être transpercé. Aujourd'hui, une notion, une froide chose de mémoire.

Cette femme, ce moment pleureur de sa vie, belle et rose et qu'encensaient ces fleurs courbées, la tendresse et la volupté, jadis le troubla jusqu'au deuil. Puis elle apparut, subtile et railleuse, dans un décor de tentations délicates; elle me souillait les hardiesses qui domptent les hommes. Mais le soir, assis près d'elle et me rongeant l'esprit, je l'ai salie à la discuter.—Et il bâille devant cette fade et perpétuelle revenante, sa sentimentalité.

—Tu fus le précurseur, songe-t-il, tu me rendis attentif à ce fluide et profond univers qui s'étend derrière les minutes et les faits. Mais pourquoi plus longtemps nommer femme mon désir? Je ne goûtai de plaisir par toi qu'à mes heures de bonne santé et d'irréflexion; gaîté bien furtive puisqu'il n'en reste rien sur ces pages! C'est quand tu m'abandonnais que je connus la faiblesse délicieuse de soupirer. Mon rêve solitaire fut fécond, il m'a donné la mollesse amoureuse et les larmes. D'ailleurs tu *compares* et tu *envies*, ainsi tu autorises les accidents, les apparences et toutes les petitesses de l'ambition à nous préoccuper. Je ne veux plus te rêver et tu ne m'apparaîtras plus. J'entends vivre avec la partie de moi-même qui est intacte des basses besognes.

Alors dans la fumée, loin du bruit de la vie, quittant les événements et toutes ces mortifications, le jeune homme sortit du sensible. Devant lui fuyait cette vie étroite pour laquelle on a pu créer un vocabulaire. Un amas de rêves, de nuances, de délicatesses sans nom et qui s'enfoncent à l'infini, tourbillonnent autour de lui: monde nouveau, où sont inconnus les buts et les causes, où sont tranchés ces mille liens qui nous rattachent pour souffrir aux hommes et aux choses, où le drame même qui se joue en notre tête ne nous est plus qu'un spectacle.

Quand, porté par l'enthousiasme, il rentrait ainsi dans son royaume, qu'auraient-ils dit de cette transfiguration, ses familiers, qui toujours le virent vêtu de complaisance, de médiocres ambitions, de futilités et s'énervant à des plaisanteries de café-concert. Au jour les besognes chasseront de son coeur ces influences sublimes. Qu'importe! Cette nuit célèbre la résurrection de son âme; il est soi, il est le passage où se pressent les images et les idées. Sous ce défilé solennel il frissonne d'une petite fièvre, d'un tremblement de hâte: vivra-t-il assez pour sentir, penser, essayer tout ce qui l'émeut dans les peuples, le long des siècles!

Il se rejette en arrière pour aspirer une bouffée de tabac, et sa pensée soudain se divise; et tandis qu'une partie de soi toujours se glorifiait, l'autre contemplait le monde.

Il se penchait du haut d'une tour comme d'un temple sur la vie. Il y voyait grouiller les Barbares, il tremblait à l'idée de descendre parmi eux; ce lui était une répulsion et une timidité, avec une angoisse. En même temps il les méprisait. Il reconnaissait quelques-uns d'entre eux; il distinguait leur large sourire blessant, cette vigueur et cette turbulence.

Nous sommes les Barbares, chantent-ils en se tenant par le bras, nous sommes les convaincus. Nous avons donné à chaque chose son nom; nous savons quand il convient de rire et d'être sérieux. Nous sommes sourds et bien nourris, et nous plaisons—car de cela encore nous sommes juges, étant bruyants. Nous avons au fond de nos poches la considération, la patrie et toutes les places. Nous avons créé la notion du ridicule (contre ceux qui sont *différents*), et le type du bon garçon (tant la profondeur de notre âme est admirable).

—Ah! songeait-il, se mettant en marche, tout en flambant son quatrième cigare, petite chose le plus triomphant de ces repus! Oui, je me sens le frère trébuchant des âmes fières qui se gardent à l'écart une vision singulière du monde. Les choses basses peuvent limiter de toutes parts ma vie, je ne veux point participer de leur médiocrité. Je me reconnais; je suis toutes les imaginations et prince des univers que je puis évoquer ici par trois idées associées. Que toutes les forces de mon orgueil rentrent en mon âme. Et que cette âme dédaigneuse secoue la sueur dont l'a souillée un indigne labeur. Qu'elle soit bondissante. J'avais hâte de cette nuit, ô mon bien-aimé, ô moi, pour redevenir un dieu.

—Mon pauvre ami, que pensez-vous donc déjouer ainsi les jeunes dieux! Hier vous parûtes encore un enfant; vos reins s'étaient courbaturés pendant que vous interrogiez les contradictions des penseurs; à l'aube, on vous a vu la peau fripée et dans les yeux de légères fibrilles rouges après des expériences sentimentales.

—Qu'importe mon corps! Démence que d'interroger ce jouet! Il n'est rien de commun entre ce produit médiocre de mes fournisseurs et mon âme où j'ai mis ma tendresse. Et quelque bévue où ce corps me compromette, c'est à lui d'en rougir devant moi.

—Mon pauvre ami, que pensez-vous donc? Vos idées, votre âme enfin, cinquante que vous connaissez les possédèrent et les ont exprimées avec des mots délicieux. Sachez donc que, n'étant pas neuf, vous paraissez encore sec, essoufflé, fiévreux; qui donc pensez-vous charmer?

—Mes pensées, mon âme, que m'importe! Je sais en quelle estime tenir ces représentations imparfaites de mon moi, ces images fragmentaires et furtives où vous prétendez me juger. Moi qui suis la loi des choses, et par qui elles existent dans leurs différences et dans leur unité, pouvez-vous croire que je me confonde avec mon corps, avec mes pensées, avec mes actes, toutes vapeurs grossières qui s'élèvent de vos sens quand vous me regardez!

Il serait beau, dites-vous, d'être petit-fils d'une race qui commanda, et l'aïeul d'une lignée de penseurs;—il serait beau que mon corps offrît l'opulence des magnifiques de Venise, la grande allure de Van Dyck, la morgue de Velasquez;—il serait beau de satisfaire pleinement ma sensibilité contre une sensibilité pareille, et qu'en cette rare union l'estime et la volupté ne fussent pas séparées. Misères, tout cela! Fragments éparpillés du bon et du beau! Je sais que je vous apparais intelligent, trop jeune, obscur et pas vigoureux; en vérité, je ne suis pas cela, mais simplement j'y habite. J'existe, essence immuable et insaisissable, derrière ce corps, derrière ces pensées, derrière ces actes que vous me reprochez; je forme et déforme l'univers, et rien n'existe que je sois tenté d'adorer.

Je me désintéresse de tout ce qui sort de moi. Je n'en suis pas plus responsable que du ciel de mon pays, des maladies de la chose agraire et de la dépopulation.

Après quoi si l'on me dit: «Prouvez-vous donc, témoignez que vous êtes un dieu.» Je m'indigne et je réponds: «Quoi! comme les autres! me définir, c'est-à-dire me limiter! me refléter dans des intelligences qui me déformeront selon leurs, courbes! Et quel parterre m'avez-vous préparé? Ma tâche, puisque mon plaisir m'y engage, est de me conserver intact. Je m'en tiens à dégager mon Moi des alluvions qu'y rejette sans cesse le fleuve immonde des Barbares.»

Ainsi se retrouvait-il façonné selon son désir.

Et peu à peu l'amertume mêlée à ce tourbillon de pensées se fondait. Abandonné dans un fauteuil, les pieds sur le marbre de la cheminée parmi les paperasses, immobile ou bien ayant des gestes lents comme s'il maniait des objets explosifs, il tenait son regard tendu sur ces idées qui ne se révèlent que dans un éclair. La solennité et la profondeur de son émotion semblaient emplir la chambre comme un choeur. Son ivresse n'était pas de magnificence et d'isolement sur le grand canal au pied des palais de Venise; elle ne venait pas non plus portée, sous un ciel bas, par un vent âpre, sur la bruyère immense de l'océan breton; mais entre ces murs nus et désespérants, ses moindres pensées prenaient une intensité poussée jusqu'à un degré prodigieux. Il s'enfonçait avec passion à en contempler en lui l'involontaire et grandiose procession ... Plénitude, sincérité d'ardeur, que ne peut vous faire sentir l'analyse.

Porté sur ce fleuve énorme de pensées qui coule resserré entre le coucher du soleil et l'aube, il lui semblait que, désormais débordant cet étroit canal d'une nuit, le fleuve allait se répandre et l'emporter lui-même sur tout le champ de la vie. Délices de comprendre, de se développer, de vibrer, de faire l'harmonie entre soi et le monde, de se remplir d'images indéfinies et profondes: beaux yeux qu'on voit au dedans de soi pleins de passion, de science et d'ironie, et qui nous grisent en se défendant, et qui de leur secret disent seulement: «Nous sommes de la même race que toi, ardents et découragés.»

Et ce ne sont pas là les pensées familières, les chères pensées domestiques, de flânerie ou d'étude, que l'on protège, que l'on réchauffe, qu'on voit grandir. A celles-là, le soir, comme à des amoureuses nous parlons sur l'oreiller; nous leur ajoutons un argument comme une fleur dans les cheveux: elles sont notre compagne et notre coquetterie, et nous enlevons d'elles la moindre poussière d'imperfection. Bonheur paisible! mais dans leurs bras j'entends encore le monde qui frappe aux vitres. Et puis, trop souvent cette angoisse terrible: «Sont-elles bonnes? et leur beauté?» Un nuage passe: «D'autres les ont possédées; demain elles me paraîtront peut-être froides, vides, banales.» Ah! cette sécheresse! ces harassements de reprendre, à froid et d'une âme rétrécie, des théories qui hier m'échauffaient! Ah! presser une imagination, systématiser, synthétiser, éliminer, affiner, comparer! besogne d'écoeurement! dégoût! d'où l'on atteint la stérilité. Et devant cet amas de rêves gâchés, le cerveau fourbu demeure toujours, affamé jusqu'au désespoir et ne trouvant plus rien, plus une rognure de système à baratter.—Vraiment, je me soucie peu de connaître ces angoisses.

Ce que j'aime et qui m'enthousiasme, c'est de créer. En cet instant je suis une fonction. O bonheur! ivresse! je crée. Quoi? Peu importe; tout. L'univers me pénètre et se développe et s'harmonise en moi. Pourquoi m'inquiéter que ces pensées soient vraies, justes, grandes? Leurs épithètes varient selon les êtres qui les considèrent; et moi, je suis tous les êtres. Je frissonne de joie, et, comme la mère qui palpite d'un monde, j'ignore ce qui naît en moi.

Lourds soirs d'été, quand sorti de la ville odieuse, pleine de buée, de sueur et de gesticulations, j'allais seul dans la campagne et, couché sur l'herbe jusqu'au train de minuit, je sentais, je voyais, j'étais enivré jusqu'à la migraine d'un défilé sensuel d'images faites de grands paysages d'eau, d'immobilité et de santé dolente, doucement consolée parmi d'immenses solitudes brutalisées d'air salin.—Ainsi dans cette chambre sèche roulait en moi tout un univers, âpre et solennisé.

Comme il se promenait dans l'appartement à demi obscur, parlant tout haut et par saccades et gesticulant, il heurta ses bottines jetées là négligemment, avec la hâte de sa rentrée, et soudain il se rappela qu'il devait passer chez son cordonnier, puisqu'à midi recommençait son labeur. Déjà sonnaient trois heures du matin: un découragement épouvantable l'envahit: il fallait maintenant tâcher de dormir jusqu'à l'heure de rentrer dans la cohue parmi les gens. Pour rafraîchir l'atmosphère enfiévrée, il ouvrit sur l'énorme Paris, qui, repu, lui sembla se préparer au lendemain. Il se dévêtit avec ce calme presque somnambulique qui naît, après une violente surexcitation, de la certitude de l'irrémédiable. Et longtemps avant de s'endormir il se répétait, en la grossissant à chaque fois, l'horreur de la vie qu'il subissait. Son sommeil fut agité et par tronçons, à cause qu'il avait trop fumé: «Nous autres analyseurs, songeait-il, rien de ce qui se passe en nous ne nous échappe. Je vois distinctement de petits morceaux de rosbif qui bataillent, hideux et rouges, dans mon tube digestif.» Et, le corps fourmillant, il pliait et repliait ses oreillers pour élever sa tête brûlante.

CHAPITRE SEPTIÈME

CONCORDANCE

De longs affaissements alternaient avec ces surexcitations; mais son anxiété, parfois adoucie, jamais ne s'apaisait.

Certes il ne prétendait son dégoût universel justifié que contre l' espèce; *il reconnaissait qu'appliquée à l'* individu *sa méfiance avait souvent tort, car les caractères spécifiques se témoignent chez chacun dans des proportions variables.*

Seulement il était craintif de toute société.

Certes il estimait que sa vie, pour ceci et cela, pouvait paraître enviable, mais il méprisait les âmes médiocres qui peuvent se satisfaire pleinement.

C'est malgré lui qu'il manifestait avec cette violence le fond de sa nature, que nous avons vu se former par cinq années d'efforts, deux hors du monde, trois à Paris. Silencieux et affaissé, il cachait le plus possible ses sentiments, mais la meilleure réfutation qu'il leur connût consistait en un long bain vers dix heures du soir et une préparation de chloral.

AFFAISEMENT

C'était, sur le bois de Boulogne, le ciel bas et voilé des chansons bretonnes. Il revint doucement, en voiture, sur le pavé de bois, un peu grisé du luxe abondant des équipages, et satisfait de n'avoir aucun labeur pour cette soirée ni le lendemain. Il dîna sans énervement, dans un endroit paisible et frais, servi par un garçon incolore. Il n'eut pas conscience des phénomènes de la digestion, et attablé devant le café élégant et désert d'une silencieuse avenue, il goûta sans importuns le léger échauffement des vingt minutes qui suivent un sage repas. Dans le soir tombant, un peu froid pour faire plus agréable son londrès blond parfaitement allumé, il contemplait de vagues métaphysiques, charmantes et qu'il ne savait trop distinguer des fines et rapides jeunes filles s'échappant à cette heure de leurs ateliers ingénieux de couture. Étaient-elles dans son âme, ou les voyait-il réellement sous ses yeux? pour qu'il prît souci de l'éclairer cet affaissement rêveur était trop doux.

Bientôt, mortifié des durs bâtons de sa chaise, il se leva et dut se choisir une occupation, un lieu où il eût sa raison d'être ce soir dans cet océan mesquin de Paris.

... A dix minutes de marche, il sait un endroit certainement plein de camarades. On arrive, on est surpris et illuminé de se revoir; on se serre cordialement la main, chacun selon son tic (deux doigts avec nonchalance, ou cordialement *en camarade loyal,* ou d'une main humide, ou sans lever les yeux *à l'homme préoccupé,* ou en disant: «mon vieux»). Puis quoi! les bavardages connus, les doléances, de petites envies. Auprès de ces braves gaillards, identiques hier et demain, je n'irai pas risquer ma quiétude. Tandis que les muscles de leurs visages et les secrètes transitions de leurs discours révèlent qu'ils mettent leur honneur et leur joie dans les médiocres sommes et faveurs où ils se hissent, ils n'arrêtent pas de stigmatiser, avec emportement et naïveté, les concessions de leurs aînés. Le plus agaçant est que, cramponnés à des opinions fragmentaires qu'ils reçurent du hasard, ils s'indignent contre celui qui tient d'égale valeur ce qu'ils méprisent et ce qu'ils exaltent, comme si toutes attitudes n'étaient pas également insignifiantes et justifiées.

… Dans le monde, à ce début de l'été, plus de réceptions tapageuses. Aux salons reposés et frais, quinze à vingt personnes se succèdent doucement, qui approuvent quelque chose en prenant une tasse de thé. Que n'allait-il s'y délasser? On rencontre dans la société, à défaut d'affection, des gens affectueux et bien élevés. Les impressions qu'on y échange, prévues, un peu trop lucides, du moins n'éveillent jamais ce malaise que nous fait la verve heurtée des jeunes gens. «Peu répandu, je sais mal, avouait-il, l'intrigue de ces banquiers, fonctionnaires, politiciens et mondaines; je ne distingue guère leurs petitesses, et, dans un milieu de bon ton, je tiens volontiers galant homme tout causeur bienveillant et bref.»—Hélas! sa douloureuse sensibilité lui fermait ces élégants loisirs. Il le confessait avec clairvoyance: «Je n'ai pas souvenir d'une connaissance de salon, la plus frivole et furtive, qui ne m'ait mortifié dès l'abord par quelque parole, insignifiante mais où je savais trouver, malgré que je me tinsse, de la peine et de l'irritation. J'excepte deux ou trois femmes, qui me distinguèrent avec un goût charmant, et leur accueil m'eût transporté, si l'impuissance de paraître en une seule minute tout ce que je puis être n'avait alors gâté mon naïf épanouissement et si profondément qu'aujourd'hui encore, dans mes instants de fatuité, la soudaine évocation de ces circonstances me resserre.» Imagination pénible qu'a part soi il comparait à la vanité pointilleuse des campagnards, mais enfoncée si avant dans sa chair qu'il pouvait la cacher mais non point ne pas en souffrir.

… Une troisième distraction s'offrait: la musique. Amie puissante, elle met l'abondance dans l'âme, et, sur la plus sèche, comme une humidité de floraison. Avec quelle ardeur, lui, mécontent honteux, pendant les noires journées d'hiver, n'aspirait-il pas cette vie sentimentale des sons, où les tristesses même palpitent d'une si large noblesse! La musique ne lui faisait rien oublier; il n'eût pas accepté cette diminution; elle haussait jusqu'au romantisme le ton de ses pensées familières. Pour quelques minutes, parmi les nuages d'harmonie, le front touché d'orgueil comme aux meilleures ivresses du travail nocturne, il se convainquait d'avoir été *élu* pour des infortunes spéciales.—Mais dans cette molle soirée de tiédeur il répugnait à toute secousse. «Je me garderai, quand mon humeur sommeille, de lui donner les violons; leur puissance trop implorée décroît, et leur vertu ne saurait être mise en réserve qui se subtilise avec le soupir expirant de l'archet.»

Il alla simplement se promener au parc Monceau.

Quoique le soir elle sente un peu le marécage, il aimait cette nursery. Là, solitaire et les mains dans ses poches, il se permettait d'abandonner l'air gaillard et sûr de soi, uniforme du boulevard. Tant était douce sa philosophie, il estimait que choquer les moeurs de la majorité ne fut jamais spirituel. «Les gens m'épouvantent, ajoutait-il, mais à la veille d'un dimanche où je pourrai m'enfermer tout le jour, j'ai pour l'humanité mille indulgences. Mes méchancetés ne sont que des crises, des excès de coudoiement. Je suis, parmi tous mes agrès admirables et parfaits, un capitaine sur son vaisseau qui fuit la vague et s'enorgueillit uniquement de flotter ... Oh! je me fais des objections; petites phrases de Michelet si pénétrantes, brûlantes du culte des groupes humains! amis, belles âmes, qui me communiquez au dessert votre sentiment de la responsabilité! moi-même j'ai senti une énergie de vie, un souffle qui venait du large, le soir, sur le mail, quand les militaires soufflaient dans leurs trompettes retentissantes. —Ce n'est donc pas que je m'admire tout d'une pièce, mais je me plais infiniment.»

Dans son épaule, une névralgie lancina soudain, qui le guérit sans plus de sa déplaisante fatuité. Humant l'humidité, il se hâta de fuir. Puis reprenant avec pondération sa politique:

«La réflexion et l'usage m'engagent à ensevelir au fond de mon âme ma vision particulière du monde. La gardant immaculée, précise et consolante pour moi à toute heure, je pourrai, puisqu'il le faut, supporter la bienveillance, la sottise, tant de vulgarités des gens.—Je saurai que moi et mes camarades, jeunes politiciens, nous plairons, par quelles approbations! dans les couloirs du Palais-Bourbon. Et si l'on agrandit le jeu, j'imagine qu'on trouvera, dans cette souplesse à se garder en même temps qu'on paraît se donner, un plaisir aigu de mépris. Équilibre pourtant difficile à tenir! L'homme intérieur, celui qui possède une vision personnelle du monde, parfois s'échappe à soi-même, bouscule qui l'entoure et, se révélant, annule des mois merveilleux de prudence; s'il se plie sans éclat à servir l'univers vulgaire, s'il fraternise et s'il ravale ses dégoûts, je vois l'amertume amassée dans son âme qui le pénètre, l'aigrit, l'empoisonne. Ah! ces faces bilieuses, et ces lèvres séchées, avec bientôt des coliques hépatiques!»

Il s'arrêta dans son raisonnement, un peu inquiet de voir qu'une fois encore, ayant posé la vérité (qui est de respecter la majorité), les raisonnements se dérobaient, le laissant en contradiction avec soi-même. Toujours atteindre au vide! Il reprit opiniâtrement par un autre côté sa rhapsodie:

«Avec quoi me consoler de tout ce que j'invente de tourner en dégoût? (Et cette petite formule, déplaisante, trop maigre, désolait sa vie depuis des mois.)

«Un jour viendra où ce système, d'après lequel je plie ma conduite, me déplaira. Aux heures vagues de la journée, souvent, par une fente brusque sur l'avenir, j'entrevois le désespoir qui alors me tournera contre moi-même, alors qu'il sera trop tard.

«C'est pitié que dans ce quartier désert je sois seul et indécis à remuer mes vieilles humeurs, que fait et défait le hasard des températures. Et ce soir, avec ce perpétuel resserrement de l'épigastre et cette insupportable angoisse d'attendre toujours quelque chose et de sentir les nerfs qui se montent et seront bientôt les maîtres, ressemble à tout mes soirs, sans trêve agités comme les minutes qui précèdent un rendez-vous.

«Ceux de mon âge, *éversores*, des ravageurs, dit saint Augustin, ont une jactance dont je suis triste; ils sont sanguins et spontanés; ils doivent s'amuser beaucoup, car ils se donnent en s'abordant de grands coups sur les épaules et souvent même sur le plat du ventre, avec enthousiasme. Moi qui répugne à ces pétulances et à leurs gourmes, plus tard, impotent, assis devant mes livres, ne souffrirai-je pas de m'être éloigné des ivresses où des jeunes femmes, avec des fleurs, des parfums violents et des corsages délicats, sont gaies puis se déshabillent. Et voilà mon moindre regret près de tant de succès proposés, autorité, fortune, qu'irrévocablement je refuse. Refusés! qui le croira. Où m'arrêterais-je si je me décidais à vouloir?... Hélas! quelque vie que je mène, toujours je me tourmenterai d'une âcreté mécontente, pour n'avoir pu mener parallèlement les contemplations du moine, les expériences du cosmopolite, la spéculation du boursier et tant de vies dont j'aurais su agrandir les délices.»

Cependant, par de rapides frottements il échauffait son rhumatisme, et il circulait dans ce pâté de maisons mornes, rue de Clichy, square Vintimille, rue Blanche, parmi lesquelles il ressentait alors un singulier mélange de dégoût et de timidité, jusqu'à ne pouvoir prononcer leurs noms sans malaise, car il y avait récemment habité. Et le souvenir des espoirs, des échecs, des angoisses, tant de dégoûts subis des Barbares! précisant sa pensée, il tente, une fois encore, de reconnaître sa position dans la vision commune de l'univers:

«A certains jours, se disait-il, je suis capable d'installer, et avec passion, les plans les plus ingénieux, imaginations commerciales, succès mondains, voie intellectuelle, enviable dandysme, tout au net, avec les devis et les adresses dans mes cartons. Mais aussitôt par les Barbares sensuels et vulgaires sous l'oeil de qui je vague, je serai contrôlé, estimé, coté, toisé, apprécié enfin; ils m'admonesteront, reformeront, redresseront, puis ils daigneront m'autoriser à tenter la fortune; et je serai exploité, humilié, vexé à en être étonné moi-même, jusqu'à ce qu'enfin, excédé de cet abaissement et de me renier toujours, je m'en revienne à ma solitude, de plus en plus resserré, fané, froid, subtil, aride et de moins en moins loquace avec mon âme.

«Oui, c'est trop tard pour renoncer d'être l'abstraction qu'on me voit. Je fus trop acharné à vérifier de quoi était faite mon ardeur. Pour m'éprouver, je me touchai avec ingéniosité de mille traits aigus d'analyse jusque dans les fibres les plus délicates de ma pensée. Mon âme est toute déchirée. Je fatigue à la réparer. Mes curiosités, jadis si vives et agréables à voir: tristesse et dérision. Et voilà bien la guitare démodée de celui qui ne fut jamais qu'un enfant de promesse! Tristesse, tu n'intéresses plus aujourd'hui que des fabricants de pilules, qui te vaincront par la chimie. Dérision! m'étant mangé la tête comme un oeuf frais, il ne reste plus que la coquille; juste l'épaisseur pour que je sourie encore.

«Mon sourire a perdu sa fatuité. Je pensais me sourire à moi-même, et j'ai perdu pied dans l'indéfini à me hasarder hors la géographie morale. La tâche n'était pas impossible. J'ai trop voulu me subtiliser. Fouillé, aminci, je me refuse désormais à de nouvelles expériences.

«Je ne sais plus que me répéter; mes dégoûts même n'ont plus de verve: simples souvenirs mis en ordre! Chemins d'anémie, misères du passé, je vous vois mesquins du haut de la loi que j'ébauchai, ridicules avec les yeux du vulgaire.

«Ce que j'appelais mes pensées sont en moi de petits cailloux, ternes et secs, qui bruissent et m'étouffent et me blessent.

Je voudrais pleurer, être bercé; je voudrais désirer pleurer. Le voeu que je découvre en moi est d'un ami, avec qui m'isoler et me plaindre, et tel que je ne le prendrais pas en grippe.

«J'aurais passé ma journée tant bien que mal sous les besognes. Le soir, tous soirs, sans appareil j'irais à lui. Dans la cellule de notre amitié fermée au monde, il me devinerait; et jamais sa curiosité ou son indifférence ne me feraient tressaillir. Je serais sincère; lui affectueux et grave. Il serait plus qu'un confident: un confesseur. Je lui trouverais de l'autorité, ce serait «mon aîné»; et, pour tout dire, il serait à mes côtés? moi-même plus vieux. Telle sensation dont vous souffrez, me dirait-il, est rare même chez vous; telle autre que vous prêtez au monde, vous est une vision spéciale; analysez mieux. Nous suivrions ensemble du doigt la courbe de mes agitations; vous êtes au pire, dirait-il; l'aube demain vous calmera. Et si mon cerveau trop sillonné par le mal se refusait à comprendre, et, cette supposition est plus triste encore, si je méprisais la vérité par orgueil de malade, lui, sans méchantes paroles, modifierait son traitement. Car il serait moins un moraliste qu'un complice clairvoyant de mon âcreté. Il m'admirerait pour des raisons qu'il saurait me faire partager; c'est quand la fierté me manque qu'il faut violemment me secourir et me mettre un dieu dans les bras, pour que du moins le prétexte de ma lassitude soit noble. Dans mes détestables lucidités et expansions, il saurait me donner l'ironie pour que je ne sois pas tout nu devant les hommes. La sécheresse, cette reine écrasante et désolée qui s'assied sur le coeur des fanatiques qui ont abusé de la vie intérieure, il la chasserait. A moi qui tentai de transfigurer mon âme en absolu, il redonnerait peut-être l'ardeur si bonne vers l'absolu. Ah! quelque chose à désirer, à regretter, à pleurer! pour que je n'aie pas la gorge sèche, la tête vide et les yeux flottants, au milieu des militaires, des curés, des ingénieurs, des demoiselles et des collectionneurs.»

Marcher dans les rues, céder le trottoir, heurter celui-ci et respecter son propre rhumatisme secoue et coupe les idées. Au milieu de son émotion, ce jeune homme se mit tout à coup à rêver de la vie qu'il s'installerait, s'il parvenait à supporter le contact des Barbares;

«Je serais, pour qu'on ne m'écrase pas, bon, aimable, rare et sans y paraître très circonspect.

«Puis j'aurais un bon cuisinier pour lestement me préparer des mets légers et qui, dans une office fraîche, où j'irais près de lui parfois m'instruire en buvant un verre de quinquina, se distrairait le long du jour à feuilleter des traités d'hygiène.

«J'aurais encore quelque voiture, luisante et douce et de lignes nettes, pour visiter commodément certaines curiosités du vieux Paris, où il faut apporter le guide Joanne, gros format.

«Chaque année, de rapides voyages de trente jours me mèneraient à Venise pour ennoblir mon type, à Dresde pour rêver devant ses peintures et ses musiques, au Vatican et à Berlin pour que leurs antiques précisent mes rêves. Enfin, à tous instants, je monterais en wagon; c'est le temps de dormir, et je me réveille, loin de tous, grelottant dans la brise, en face du va-et-vient admirable de l'héroïque océan breton, mâle et paternel.»

Rentré chez lui, il calcula sur papier le revenu nécessaire à ce train de vie et les besognes qu'il lui en coûterait. Puis il sourit de cet enfantillage—qui pourtant ne laissa pas de l'impressionner.

Ensuite accablé, il ne trouva plus la moindre réflexion à faire ... ô maître qui guérirait de la sécheresse.

C'est ce soir-là que décidément incapable de s'échauffer sans un bouleversement de son univers intérieur, toujours possible mais que depuis des mois il espérait en vain, timide et affaissé devant l'avenir, tourmenté d'insomnies, il eut le goût de se souvenir, de répéter les émotions, les visions du monde dont jadis il s'était si violemment échauffé. Il lui souriait de se caresser et de se plaindre dans cette monographie, aux heures que lui laissaient libres son patron et les solliciteurs de ce député sous-secrétaire d'État.

Il ne s'efforça nullement de combiner, de prouver, ni que ses tableaux fussent agréables. Il copiait strictement, sans ampleur ni habileté, les divers rêves demeurés empreints sur sa mémoire depuis cinq ans. Seulement à cette heure de stérilité, il s'étonnait parfois de retrouver dans son souvenir certains accès de tendresse ou de haine. Est-il possible que j'aie déclamé! J'espérais cela! O naïveté! Il rougissait. Et malgré sa sincérité, ça et là vous devinerez peut-être qu'il a mis la sourdine, par respect pour le lecteur et pour soi-même.

Souvent, très souvent, fatigué, perdu dans cette casuistique monotone, touché du soupçon qu'il n'avait connu que des enfantillages, plus effrayé encore à l'idée de recommencer une vraie vie sérieuse, ferme, utile, il s'interrompait:

O maître, maître, où es-tu, que je voudrais aimer, servir, en qui je me remets!»

O maître,

Je me rappelle qu'à dix ans, quand je pleurais contre le poteau de gauche, sous le hangar au fond de la cour des petits, et que les cuistres, en me bourradant, m'affirmaient que j'étais ridicule, je m'interrogeais avec angoisse! «Plus tard, quand je serai une grande personne, est-ce que je rougirai de ce que je suis aujourd'hui?»—Je ne sais rien que j'aime autant et qui me touche plus que ce gamin, trop sensible et trop raisonneur, qui m'implorait ainsi, il y a quinze ans. Petit garçon, tu n'avais pas tort de mépriser les cuistres, dispensateurs d'éloge et ordonnateurs de la vie, de qui tu dépendais; tu montrais du goût de te plaire, de fois à autre, par les temps humides, à pleurer dans un coin plutôt que de jouer avec ceux que tu n'avais pas choisis. Crois bien que les soucis et les prétentions des grandes personnes ont continué à m'être souverainement indifférents. Aujourd'hui comme alors, je sens en elles l'ennemi; près d'elles je retrouve le dédain et la timidité que t'inspirait la médiocrité de tes maîtres.

Rien de mes émotions de jadis ne me paraîtrait léger aujourd'hui. J'ai les mêmes nerfs; seul mon raisonnement s'est fortifié, et il m'enseigne que j'avais tort, quand, tous m'ayant blessé, je disais en moi-même: «Ils verront bien, un jour.» Chaque année, à chaque semaine presque, j'ai pu répéter: «Ils verront bien», ce mot des enfants sans défense qu'on humilie. Mais je n'ai plus le désir ni la volonté de manifester rien qui soit digne de moi. L'effort égoïste et âpre m'a stérilisé. Il faut, mon maître, que tu me secoures.

Je n'ai plus d'énergie, mais compte qu'à la sensibilité violente d'un enfant je joins une clairvoyance dès longtemps avertie. Et je te dis cela pour que tu le comprennes, ce n'est pas de conseils mais de force et de fécondité spirituelle que j'ai besoin.

Je sais que ce fut mon tort et le commencement de mon impuissance de laisser vaguer mon intelligence, comme une petite bête qui flaire et vagabonde. Ainsi je souffris dans ma tendresse, ayant jeté mon sentiment à celle qui passait sans que ma psychologie l'eût élue. Le secret des forts est de se contraindre sans répit.

Je sais aussi,—puisque le décor où je vis m'est attristé par mille souvenirs, par des sensations confuses incarnées dans les tables du boulevard, dans les souillures de ce tapis d'escalier, dans l'odeur fade de ce fiacre roulant,—je sais des endroits intacts où veillent mille chef-d'oeuvres, et quoique j'ai toujours éprouvé que les choses très belles me remplissaient d'une âcre mélancolie par le retour qu'elles m'imposent sur ma petitesse, je pense qu'une syllabe dite doucement les passionnerait.

Je sais, mais qui me donnera la grâce? qui fera que je veuille! O maître, dissipe la torpeur douloureuse, pour que je me livre avec confiance à la seule recherche de mon absolu.

Cette légende alexandrine, qui m'engendra autrefois à la vie personnelle, m'enseigne que mon âme, étant remontée dans sa tour d'ivoire qu'assiègent les Barbares, sous l'assaut de tant d'influences vulgaires se transformera pour se tourner vers quel avenir?

Tout ce récit n'est que l'instant où le problème de la vie se présente à moi avec une grande clarté. Puisqu'on a dit qu'il ne faut pas aimer en paroles mais en oeuvres, après l'élan de l'âme, après la tendresse du coeur, le véritable amour serait d'agir.

Toi seul, ô mon maître, m'ayant fortifié dans cette agitation souvent douloureuse d'où je t'implore, tu saurais m'en entretenir le bienfait, et je te supplie que par une suprême tutelle, tu me choisisses le sentier où s'accomplira ma destinée.

Toi seul, ô maître, si tu existes quelque part, axiome, religion ou prince des hommes.

Table des matières

EXAMEN DES TROIS ROMANS IDÉOLOGIQUES.	3
Voici une courte monographie réaliste	20
Concordance	24
Départ inquiet	25
Tendresse	34
Désintéressement	48
Paris à vingt ans	65
Dandysme	76
Extase	85
Affaissement	96
Oraison	105